Zea Gordon

Das Flüstern der Raben

Zea Gordon

Das Flüstern der Raben

TWENTYSIX –

Der Self-Publishing-Verlag

Bibliografische Information der
Deutschen Nationalbibliothek:
Die Deutsche Nationalbibliothek
verzeichnet diese Publikation in
der Deutschen Nationalbibliogra-
fie; detaillierte bibliografische
Daten sind im Internet über
http://dnb.ddb.de abrufbar.

TWENTYSIX – Der Self-Publishing-Verlag

Eine Kooperation zwischen der Verlagsgruppe Random House und BoD – Books on Demand

MIX
Papier aus verantwortungsvollen Quellen
Paper from responsible sources
FSC® C105338
FSC
www.fsc.org

© 2017 Zea Gordon

Herstellung und Verlag

BoD – Books on Demand, Norderstedt

ISBN: 978-3-7407-3024-6

Was hinter uns liegt und was vor uns liegt, sind kleine Angelegenheiten verglichen mit dem, was in uns liegt.

Ralph Waldo Emerson

1

Immer wenn Sophie sich einsam fühlte, ging sie zur Bahnhofstraße, setzte sich auf eine der freien, eisernen Bänke und beobachtete die sich vor ihr ausbreitende Szene. Verlassene Waggons, auffliegende Tauben, alte Herren mit schwarzen Koffern, die forschen Schrittes zwischen den Aushängeschildern hin und her marschierten, kleingedruckte Zahlen auf verblichenem gelbem Papier studierten, und Kinder, die unablässig an den Röcken ihrer Mütter zupften, waren allgegenwärtig. Sie dachte in diesen Augenblicken einfach gar nichts und ließ vergangene Bilder wie die Züge voller Passagiere in die Ferne passieren.

Ein paar staubige Sonnenstrahlen flossen durch die gläserne Wand, hinter der Sophie saß. Irgendjemand hatte ein Herz mit Lippenstift daraufgemalt. Sie hatte noch genau eine Stunde Zeit bis zum Treffen bei ihren Eltern.

Irgendwie erinnerte sie diese Abfolge von Ereignissen an einen bestimmten Tag, ebenfalls im Sommer, der nun schon seit einem Jahr Vergangenheit war. Der Tag, an dem Herr Tilman ihr ein Angebot gemacht hatte, welches sie in die Zebrastraße 2 führte. Manchmal fragte sie sich, wie alles gekommen wäre, wenn sie sich an diesem besagten Tag einfach in einen der Züge gesetzt hätte, statt zu ihren Eltern zu fahren. Sie schloss die Augen. Vor ihrem inneren Auge sah sie sich, wie sie mit gewaschenem Haar, das nach Rosenöl duftete, einem Sommerkleid, das sie über kurzen Leggins trug, und Stöpsel in den Ohren ihre Einzimmerwohnung verließ und sich auf ihr Rad schwang. Ihre Eltern wohnten im Nachbarort, was manchmal von Vorteil war, wie nun, da sie etwas in Eile war. Der Wind zerrte an ihrem Leib und seine Kühle legte sich um ihr Gesicht – wie lebendig sie sich fühlen konnte!

Nach einem Hügel und ein paar Abzweigungen sah sie es schon, das Anwesen ihrer Eltern. „Unser Retrohaus", nannte ihr Vater es stets liebevoll. Es war im barocken Stil gebaut, mit luftigen Balustraden, die um den Garten verliefen und diesen kunstvoll einfriedeten. Wie die Nachbarhäuser war es in einem verwaschenen Creme-Weiß-Ton gestrichen und fügte sich widerstandslos in die Reihe ein. Oft war es ein Ort der Begegnung für Kunstliebhaber und Freunde der Eltern.

Sophie verstaute ihr Rad in der Garage. Es wollte so gar nicht zu den anderen Rädern passen und wirkte neben ihnen wie ein Esel unter Rennpferden, dachte sie und grinste.

Nachdem sie die Garage abgeschlossen hatte, ging sie zum Vorhof und klingelte. Tief Luft holend, strich sie sich ein paar ihrer kurzgeschnittenen Haarsträhnen hinters Ohr. Nervosität war für gewöhnlich kein ausgeprägter Charakterzug von ihr, doch nun fühlte sie sich auf unbestimmte Weise unvorbereitet.

„Ja bitte?", erklang die geschäftige Stimme ihrer Mutter, aus der Sophie aber einen warmen Ton heraushörte.

„Ich bins. Sophie."

„Hallo, Schatz, komm rein, der Tisch ist schon gedeckt."

Ein Summton erklang und Sophie drückte die Tür auf, die zum Eingangsbereich des Hauses führte.

Strahlend wie tausend Sonnen und mit offenen Armen, als wollte sie die komplette Nachbarschaft miteinschließen, begrüßte Frau Gustavson ihre Tochter.

„Sind Herr und Frau Tilman schon da?", fragte Sophie.

„Nein, sie werden sich verspäten, es gibt Stau. Fangen wir doch schon einmal mit dem Kaffee an." Das befreundete Ehepaar der Eltern war ebenfalls eingeladen.

Frau Gustavson strich Sophie übers Haar und schenkte ihr wieder ihr strahlendes Lächeln. Für einen Moment fragte sich Sophie, wie ein einziger Mensch so viel Energie in ein Lächeln bündeln kann, doch dann ließ sie den Gedanken fallen und beschloss, dass man sich für Unerklärliches eine Lösung sparen könne.

Sophie betrat die Durchgangshalle, welche hinter der aufsteigenden Wendeltreppe lag, die sich neben dem Ankleidezimmer befand und das Wohnzimmer, die Küche und die übrigen Zimmer miteinander verband. Überall hingen oder standen Accessoires in Form von kleinen Buddhas, Elfen oder Schmetterlingen. Ihr Vater hatte sich an diesen Stil bereits gewöhnt, vielleicht inspirierte er ihn sogar. Er war nämlich Schriftsteller und lebte von der Inspiration.

2

„Hallo Sophie! Das ist ja schön, dich wiederzusehen, und hübsch siehst du aus! Komm rein in die gute Stube! Nein, wir gehen raus", korrigierte sich Herr Gustavson lachend und breitete die Arme aus.

Wie Sophies Mutter zuvor alle Kraft in ein Lächeln gelegt zu haben schien, erhob nun Herr Gustavson seine Stimme, als gelte es, einen Opernsänger nachzuahmen.

Sophie schloss ihn in die Arme.

Sie war diese Inszenierungen gewohnt.

Er war eben ein Künstler.

Man versammelte sich um einen reich gedeckten Kaffeetisch, der inmitten von blühenden Rosenbüschen auf der weitläufigen Terrasse nebst einem kleinen, sorgfältig angelegten Kräutergarten stand. Auf ihm türmten sich Leckereien aller Art, vom selbstgemachten Zopf bis zur Himbeertorte und Keksen in allen Variationen. Frau Gustavson hatte sogar das teure Porzellanservice mit Rosenmuster für besondere Anlässe bereitgestellt.

„Habt ihr die ganze Nachbarschaft eingeladen?", erkundigte Sophie sich vorsichtig und nahm sich einen Keks.

Herr Gustavson brach in schallendes Gelächter aus.

„*Meine* Tochter!", betonte er anschließend. „Eine blühende Fantasie! Muss man dir lassen."

Frau Gustavson meinte lächelnd: „Du kennst doch Frau Tilman und ihre Schwäche für meine Kuchen." Dann fügte sie mit wehmütigem Unterton in der Stimme hinzu: „Wenn sie doch nicht im Stau stehen würden, die Armen. In dieser gottlosen Hitze."

„Du sagst es, Schatz. Bis sie eingetroffen sind, werden wir beim zweiten Gang des Abendessens sein. Nun ja, Sophie, darf ich dir den Kaffee reichen?" Formvollendet und mit leicht gespreizten Fingern nahm er schließlich selbst einen Schluck aus seiner mit Rosenmotiven geblümten Tasse.

Nachdem jeder von der „himmlischen Himbeertorte" und dem „zauberhaften Zopf" gekostet hatte, wurde der Vorschlag gemacht, eine kleine Runde zu drehen in den „beheimateten Gefilden", wie sich Herr Gustavson ausdrückte. Inzwischen hatten sich Herr und Frau Tilman für den frühen Abend angekündigt.

Man ging zur kleinen Werft, wo hoher Betrieb herrschte, wie immer zu dieser Jahreszeit; Boote wurden für die Fahrt auf dem Schweigersee gewartet und dafür im Takt zu einer kubanischen Weise geschrubbt. Die Männer standen schwitzend da mit nacktem Oberkörper und trotzten der Sonneneinstrahlung mit ihrer braungebrannten Haut, die sich über Oberarme, Schultern und Brust zog. Familie Gustavson ließ die Werft hinter sich und folgte einem Weg, der sich durch eine Heidelandschaft schlängelte und einige Kurven beschrieb, weshalb man plötzlich auftauchenden Wanderern oder Radfahrern besonders flink ausweichen musste, was zu einigen Lachern in der Gruppe und zum Ärgernis der Zweiräder führte.

Ein schales Stück Heidelandschaft zu ihrer Rechten legte sich wie eine Sichel in eine beschattete Mulde. Ein Maisfeld folgte – Herr Gustavson fand, dass einzelne Kolben wie alte Männer mit Schnauzer und Farah-Diba-Frisuren wirkten. Man ging denselben Weg zurück, wie man gekommen war, an der Werft vorbei zur Siedlung.

Von Weitem konnte man schon Herrn Tilmans neuen Firmenwagen in der Sonne glänzen sehen. Es war ein rabenschwarzer Mercedes. Herr und Frau Tilman standen daneben wie kleine

Statuen, doch kaum hatten sie die Gruppe entdeckt, winkten sie wie verrückt los, wobei der Blumenstrauß, den Frau Tilman in ihrer zarten Hand hielt, kräftig ins Wanken geriet.

„Nun aber hurtig, die müden Geister, wir haben Besuch!" Herr Gustavson streckte seinen Schritt, was ihm nicht schwerfiel bei seinen langen Beinen, und kam somit vor Sophie und ihrer Mutter bei dem ungleichen Ehepaar an. Während Herr Tilmans Statur von einem hervorstehenden Bauch und bulligen Oberarmen dominiert wurde, war seine Frau das reinste Ebenbild einer Gazelle, und was ihrem Gatten an Haar fehlte, glich sie mit einer löwenartigen Lockenmähne aus. Geschäftig reichte Herr Gustavson ihnen die Hand, wobei beide Seiten mit allerlei Förmlichkeiten überhäuft wurden. Frau Tilmans Lächeln wurde breiter, als sie Sophie erblickte, sie herzte und küsste sie und hinterließ auf ihrer Wange einen Hauch ihres rosa Lippenstiftes. Herr Tilman schob seine Frau leicht zur Seite, um sich so Platz zu verschaffen, und begrüßte Sophie mit dröhnender Stimme, seine Wangen leuchteten dabei rot und er wirkte insgesamt wie eine menschgewordene Bulldogge, fand Sophie. Er packte ihre Hand wie einen Spatz, den man fangen will, drückte sie mit beiden Pranken und ließ sie erst wieder frei, als sich Frau Gustavson zu Wort meldete.

„Lasst uns doch im Schatten weiterplaudern, ich bereite solange das Abendessen vor."

Frau Tilman bot sich sofort an, Frau Gustavson bei den Salaten zu helfen. Unter einigen Komplimenten reichte sie ihr den Strauß, der aus rosaroten Chrysanthemen bestand, wie man nun erkennen konnte.

Während die Frauen Salate vorbereiteten, diskutierten die Männer bei einem Gläschen Chardonnay. Herr Tilman war Leiter einer italienischen Restaurantkette ganz in der Nähe der Stadt und zurzeit herrschte Vollbetrieb – es war Hauptsaison und man suchte ständig Aushilfskräfte. Gerade ließen sie sich über unqualifizierte Gastarbeiter aus, auf die man aber „beim besten Willen" nicht verzichten könne, „nicht bei dieser Geschäftslage", da kam Frau Gustavson mit einem Schichtsalat bewaffnet in den Garten hinaus.

Es gab tatsächlich ein Mehrgänge-Menü, das Herr Tilman bei jedem zweiten Bissen lobte. Seine Frau kicherte die ganze Zeit über und aß mindestens so viel wie ihr Mann, was man ihr wirklich nicht ansah. Es gab zur Vorspeise eine passierte Gemüsesuppe mit Basilikum, anschließend ein Weißweinrisotto mit Pilzen, Tomaten und Artischocken und zur Nachspeise Crème brulée.

„Vortrefflich, wirklich. Ich sollte dich als Chefköchin für vegetarische Küche einstellen, das Talent dazu hast du ja, wie man neidlos feststellen muss."

Der Tisch lachte.

Unvermittelt richtete Herr Tilman dann das Wort an Sophie, die gar nicht damit gerechnet hatte: „Und wie stehts mit dir? Womit verbringst du denn gerade deine Zeit, wenn man fragen darf?"

Sophie errötete leicht und ärgerte sich gleichzeitig über ihre Unsicherheit, die sie heute an den Tag legte. Aus dem Augenwinkel bemerkte sie, wie ihre Mutter ihrem Vater einen Seitenblick zuwarf. Scheinbar blieb dies Frau Tilman genauso wenig verborgen, denn sie stieß ihrem Mann unsanft in die Rippen, woraufhin dieser zusammenfuhr, und tadelte ihn mit den Worten: „Also Wolfi, lass doch das arme Ding. Sophie will in Ruhe essen, stimmts?"

Sophie hatte ihre Fassung wiedererlangt und quittierte Frau Tilmans Verteidigung mit einem angedeuteten höflichen Kopfschütteln, dann antwortete sie: „Ich bin zurzeit auf Arbeitssuche. Man hat mir bei der Gärtnerei gekündigt."

Ein Vogel zerriss die Stille, die sich ausbreitete, mit einem klagevollen Laut.

„Ja, will denn noch jemand etwas vom Crème brulée? Ich habe noch davon im Kühlschrank", fragte Frau Gustavson in einem munteren Tonfall, als hätten sie sich gerade mit dem Nachtisch befasst.

Niemand antwortete. Dann fing Herr Tilman unpassenderweise zu grinsen an und erhob seine Stimme, als wolle er eine Hymne anstimmen: „Na, das passt ja vortrefflich, liebe Sophie." Alle Blicke waren auf Herr Tilman gerichtet, als erwartete man, dass er gleich überschnappte.

„Hast du nicht Lust, einmal in der Küche zu arbeiten, ein bisschen schnippeln, ein bisschen würzen, mal hier kosten, mal da?" Sein Grinsen wurde breiter, als sei er der Überbringer eines Lottogewinns.

Seine Frau mischte sich ein: „Also Wolfi, das ist doch keine Arbeit für Sophie. Sie arbeitet lieber mit Pflanzen, nicht wahr, Sophie?"

Nun fiel auch Frau Gustavson ein: „Nun, als Übergangslösung wäre das doch keine schlechte Option. Du kannst ein bisschen soziale Kontakte knüpfen, dich in der Kochkunst fortbilden, das schadet dir doch nicht!"

Ehe Sophie antworten konnte, meldete sich nun auch Herr Gustavson zu Wort: „Ausprobieren geht über Studieren. Und praktische Arbeit liegt dir, wie ich meine. Also, ist das nicht eine schicksalhafte Fügung, dass wir heute die Tilmans in unserer Mitte haben mit solchen wunderbaren Neuigkeiten?"

Nun war die peinliche Stille überbrückt und die allgemeine Stimmung sogar noch etwas angehoben, wie Sophie feststellen musste; man schenkte Chardonnay nach und stieß an, auf das Leben, das gute Essen und auf die seltsamen Fügungen, die es gab.

3

Da Herr Tilman auch für die Küche verantwortlich war, die für die Sozialstation ganz in der Nähe arbeitete, beschloss man einheitlich, dass Sophie dort beginnen könnte, da es kein Sternerestaurant war.

Gleich am nächsten Tag sollte sie sich dort vorstellen, in der Zebrastraße 2, einer Grenzsiedlung, in der alte Leute Seit an Seit ihren Lebensabend verbrachten.

Sophie wusste nicht recht, was sie von dem Jobangebot halten sollte. Bemerkenswert, dass sie überhaupt eines erhalten hatte, gewiss, doch würde sie die Energie dafür aufbringen?

Sie räumte gerade ihr Schlafzimmer auf, das gleichzeitig ihr Arbeitszimmer war. Langsam konnte man sich wieder im Zimmer fortbewegen, ohne sich mühsam einen Weg durch Kleiderhaufen bahnen zu müssen.

Ihr Antrieb, irgendetwas zu bewegen, war ihr seit der Kündigung irgendwie abhandengekommen, eine traurige Tatsache, der sie sich nun stellte.

Sophie ließ den Nachmittag bei ihren Eltern Revue passieren und war dankbar, dass man in stillschweigendem Übereinkommen nicht nachgebohrt hatte, als es um dieses heikle Thema ging. Er war ein wunder Punkt in ihrem Lebenslauf geworden und inzwischen ein bisschen auch einer auf ihrer Seele.

Ihr hatte die Arbeit mit den Pflanzen Spaß gemacht, vor allem das Aussäen, Umtopfen und Stutzen derselben, und manchmal hatte man im Stadtpark ein Blumenbeet angelegt, wobei Kreativität gefragt war.

Ein bisschen langweilig hätten ihre ehemaligen Klassenkameraden in der Oberschule eines privaten Gymnasiums ihren Beruf bestimmt gefunden, doch das zählte nicht mehr, denn nun würde sie einem anderen langweiligen Beruf nachgehen, dachte sie und empfand eine Art grimmige Genugtuung dabei, die sich gegen sie selbst richtete.

Noch während der Probezeit hatte man sich dafür entschieden, dass es so nicht weitergehen könne mit Sophie. Sie war zwar pünktlich, fleißig und lernte schnell, doch körperlich hinkte sie wortwörtlich den anderen hinterher und sie war insgesamt zu zierlich für die schweren Maschinen, die sie später in der Ausbildung bedienen sollte.

Nachdem sie das Chaos einigermaßen gebändigt hatte, ging Sophie früh zu Bett, um ihren Rhythmus wieder ins Lot zu bringen. Tatsächlich schaffte sie es, pünktlich auf den Glockenschlag um acht Uhr in der Zebrastraße 2 zu erscheinen. Den Weg hatte ihr Herr Tilman mehrmals beschrieben, mit allen möglichen Details, und so fand sie ihn auf Anhieb. Außerdem hatte er ihr nahegelegt, einfach in die Küche zu marschieren und nach einer gewissen Frau Prinz zu fragen. Das sei die Chefin.

Sophie strich ihr kurzes blondes Haar hinters Ohr und ging den schmalen Kiesweg neben dem Parkplatz entlang, der geradewegs zu einem Gebäude führte, welches in knalligen Orange-und Gelbtönen gestrichen war. Es war umsäumt von Kastanienbäumen, auf denen mindestens ein Dutzend Raben thronten.

Sophie konnte nicht umhin, das kleine Blumenbeet ins Auge zu fassen, das zur rechten Hand kunstvoll um einen Brunnen herum angelegt war. Ein Mann mit spärlichem Haar goss es gerade – noch war es schattig genug, damit all die Fuchsien und die Schwarzäugige Susanne, welche sich an den Gitterstäben des Brunnens hochrankten, nicht durch die von den Blättern ausgehenden Sonnenreflexe verbrannten.

Der Mann hatte sie bemerkt, als sie näher kam, und wandte sich um. „Schön, nicht?", sprach er sie unvermittelt an. „Ich habe sie selbst ausgesucht und angelegt. Sieh mal, wie die blühen. Ist das nicht wunderbar?" Er strahlte übers ganze Gesicht und wirkte dabei wie ein kleiner Junge.

Dann wandte er sich voller Hingabe wieder seiner Tätigkeit des Gießens zu.

Sophie grüßte und ging weiter. Ein paar Alte saßen auf Holzbänken, die auf dem Vorhof standen, und unterhielten sich oder spielten Karten. Als Sophie an ihnen vorbeiging, begannen sie ihr zu-zuwinken.

Nun befand sie sich vor der Eingangstür, die von zwei auf das knallige Orange gemalten, sich gegenüberstehenden Zebras umrahmt wurde.

Sofort fing sie den Geruch von Kräutern auf, Rosmarin und Dill vielleicht. Töpfe klapperten und jemand schrie über den Lärm hinweg etwas, worauf einstimmi-ges Lachen ertönte.

Sophie folgte dem Lachen und kam in

einen kleinen Korridor, der mit zwei Türen endete. Sie standen beide offen. Sie blickte in den ersten Raum – das musste eine Art Vorratskammer sein, also ging sie zur zweiten Tür.

Ohne zu klopfen, da dies sowieso untergegangen wäre, marschierte sie, wie Herr Tilman gesagt hatte, munter in die Küche des Hauses. Um die Arbeitsplatte, die sich inmitten des Raumes befand, standen vier Köche, mit ihrer Arbeit betraut. Sophie fiel auf, dass es ausschließlich Frauen waren.

Zum Lachen und Töpfeklappern kam nun noch das Zischen einer riesigen Bratpfanne hinzu, nachdem jemand Butter in rohen Mengen hineingekippt hatte und jetzt kräftig darin herumrührte. Sophie räusperte sich und rief: „Kann ich bitte Frau Prinz sprechen?" Eine Frau um die dreißig mit kurzem, dunklem Haar, die neben Sophie an der Arbeitsplatte stand, wandte sich um – ein sanftes Lächeln spielte um ihre Mundwinkel, das gar nicht zu ihrer Tätigkeit des stakkatoartigen Zwiebelhackens passen wollte.

„Frau Prinz ist gerade im Büro, aber sie müsste gleich zurückkommen." Ihr Lächeln wich ihr nicht aus dem Gesicht.

„Ich bin übrigens Jule. Wer bist du?"

„Ich bin Sophie. Herr Tilman schickt mich, ich meine – ich wollte fragen, ob ich hier etwas mithelfen kann."

„Spitze! Hilfe können wir immer gebrauchen, frag am besten gleich Frau Prinz, die regelt das. Und wenn du willst, kannst du solange ein paar Karotten schälen."

Sophie nickte.

„Hört mal alle her, das ist Sophie. Sie wird uns in nächster Zeit ein wenig unter die Arme greifen."

Die Frauen blickten auf. Eine türkische Frau mit Kopftuch begann zu klatschen und ließ ein mitreißendes Lachen erklingen, wobei sie den Kopf in den Nacken warf, Lachfältchen erschienen im ganzen

Gesicht. „Es geschehen noch Zeichen und Wunder!", rief sie.

Eine wesentlich ältere Frau mit grauen Locken stimmte in das Lachen ein und entblößte dabei ein lückenhaftes Gebiss.

„Herzlich willkommen bei uns in der Villa Kunterbunt!"

„Greta, kannst du mir mal ein Handtuch reichen?", rief Jule der älteren Frau zu, wohl, um sie zum Schweigen zu bringen.

„Villa Kunterbunt?", fragte da eine jungenhaft aussehende Frau mit hervorstehenden Beckenknochen, die bisher geschwiegen hatte.

„Wohl eher ein Irrenhaus, oder?" Sie verzog keine Miene.

Greta kicherte immer noch, als sie Jule das Handtuch reichte.

Sophie wusste nicht recht, was sie von der Situation halten sollte. Da kam eine mittelgroße rundliche Frau mit braunen Locken zur Küche herein und begab sich mit einem Ordner in der Hand zur anderen Seite des Raumes, um denselben in einem Schrank zu verstauen. Sie beachtete den Aufruhr, der in der Küche herrschte, überhaupt nicht, zumindest machte dies auf Sophie den Anschein. Dennoch schien sie Sophie bemerkt zu haben, denn sie kam schnellen Schrittes auf sie zu.

Sie beeilte sich, sich vorzustellen, und fügte hinzu: „Herr Tilman schickt mich, er meint, ich könnte hier ein bisschen aushelfen."

Frau Prinz öffnete die Arme, als wollte sie einen Segen empfangen, und klatschte sie dann unversehens gegeneinander. „Das sind ja Neuigkeiten. Gute, will ich meinen", fügte sie lachend hinzu. „Jule, du kannst ihr schon mal eine Schürze reichen, dann können wir gleich loslegen!" Frau Prinz' Stimme war ein gewaltiges Organ, das man ihrer kleinen Statur gar nicht zugetraut hätte. Der Morgen verlief ohne weitere Vorkommnisse, abgesehen davon, dass Greta einen Topf mit Wasser überkochen ließ und

ansonsten das Lachen der Frauen nicht
verklang.

4

Sophie gewöhnte sich schneller an die neue Arbeitssituation, als sie sich es hätte vorstellen können, welche außerdem den Vorteil mit sich brachte, dass sie nicht ständig allein war. Sie mochte die Frauen, Greta mit ihrem zahnlosen Grinsen, Jule mit ihrer mütterlichen Art, Mona, die etwas ruhiger und ernster schien, und schließlich Peri, die türkische, rundliche Frau. Dann gab es noch ein anderes türkisches Mädchen, das Sophie aber noch nicht gesehen hatte. Scheinbar fehlte sie öfter.

Ein besonderer Bewohner in der Zebrastraße 2 stellte sich Sophie gegen Ende der Woche vor. Sie traf auf ihn, als sie auf dem Weg zur Küche war. Besser gesagt hörte sie ihn zuerst, denn sie ihn sah; „Hallo, hallo", krächzte es durch den Flur. Dann folgte ein glucksendes Lachen. „Siehst mich nicht, stimmts?"

Überrascht wandte sich Sophie um.

Da stand, am anderen Ende des Flurs, direkt vor dem Sekretariat, ein Käfig, in dem ein Papagei saß, der mit dem Kopf auf und ab wippte und Sophie interessiert musterte.

Sie ging auf ihn zu, einigermaßen belustigt.

„Schönes Mädchen", flötete das Tier nun, seine Augen weiteten sich und kleine Ringe zogen sich strahlenartig bis an den Rand der Pupillen.

„Du bist ein freches Kerlchen", sprach Sophie den Papagei an. „Was machst du hier so allein?"

Der Papagei war nicht dumm, lachte und entgegnete ihr: „Dasselbe könnte ich dich fragen!"

„Ah, hast du schon Freundschaft mit Fee geschlossen?"

Jule war zu Sophie und besagter Fee hinzugekommen.

„Fee?" Sophie glaubte sich verhört zu haben.

„Ja, er gehört eigentlich Peri, deren Name ganz ausgesprochen Perihan lautet und ‚Königin der Feen' bedeutet. Also kam jemand auf die Idee, das Tier danach zu benennen. Komisch, nicht?"

Fee neigte ihr Köpfchen zur Seite und trällerte dann: „Komisch, komisch … Fee ist komisch."

„Da hat sie wohl Recht", meinte Sophie und lachte.

Sie erfuhr, dass Fee beim Tierarzt gewesen war, da sie sich immer wieder Federn selbst ausrupfte. Sie war, seit Peri sie vor einiger Zeit mitgebracht hatte, der neue Lieblingsbewohner der Alten, die ihre Freude an dem Tier hatten.

„Weißt du, der Grund, weshalb sich Fee so quält, liegt laut Peri bei den Raben draußen. Sie sieht sie in Gruppen beieinandersitzen und frei umherfliegen, während sie bloß ein Maskottchen der Alten ist. Das macht sie traurig."

„Und was macht ihr nun mit Fee? Sie freilassen?"

„Nein, aber sie darf nun öfters mal aus dem Käfig, wenn alle Fenster und Türen geschlossen sind. Wir wollen sie nicht weggeben, da sie den alten Leuten irgendwie hilft. Sie fühlen sich durch sie unterhalten, lachen mehr und das wirkt sich positiv auf ihre Gesundheit aus."

In der darauffolgenden Woche kündigte Frau Prinz das jährlich stattfindende Sommerfest an. Sie teilte die Gruppe zum Putzdienst ein, denn alles sollte bis zum Freitagabend repräsentabel aussehen. „Schließlich wird auch Herr Tilman vorbeischauen, und dann muss er sich in seinem Teller spiegeln können."
Die komplette Zebrastraße 2 wurde auf den Kopf gestellt, selbst die Alten packten mit an – alle Räume wurden auf Vordermann gebracht, Möbel poliert, Vasen mit frischen Blumen aufgestellt, Girlanden im gesamten Haus und im Vorhof verteilt. Der Gärtner, der sich Sophie mittlerweile als Josef vorgestellt

hatte, war für den Außenbereich verantwortlich. Er stellte überall Kübelpflan-
zen auf und schmückte diese mit Party-
schlangen. Auf den Brunnen klebte er
ein paar Papierfrösche. Jedes Mal, wenn
Sophie an ihm vorbeiging, hörte sie ihn
halblaut sich selbst loben: „Das Fest
wird wunderbar werden, es sieht alles
aus wie gemalt!" Dann packte er die
leere Gießkanne und hüpfte mit erhobe-
nem Arm in die Höhe, wobei er ein
bisschen wie Rumpelstilzchen wirkte,
fand Sophie. Sie hatte Josef wie die
Frauen bereits in ihr Herz geschlossen.
Er malte eigentlich Bilder, doch da die
Leute „kein Geld für Kunst besaßen",
war er mittellos gewesen und hatte
schließlich eine Anstellung in der Zebrastraße 2 gefunden.

Das Sommerfest eilte mit großen Schrit-
ten auf die Bewohner der Sozialstation
zu; in der Küche bereitete man die letzten Salate zu, die Kuchen wurden von

den Gästen teilweise selbst mitgebracht und der Grillcatering-Service war längst gebucht. Sophie würzte gerade einen Kartoffelsalat nach, da fuhr sie plötzlich zusammen, denn Peri, die neben ihr stand, hatte einen Schrei losgelassen, kurz darauf kicherte sie leise.

„Entschuldige, Sophie. Aber ich muss euch etwas mitteilen", sagte sie in nun leicht düsterem Tonfall. Sophie blickte gespannt auf. Mona unterbrach die erwartungsvolle Stille, indem sie trocken fragte: „Was hast du gesehen, Peri?"

Diese antwortete unvermittelt: „Ein Sturm wird aufziehen und zwar morgen Abend, am Sommerfest!"

„Bist du dir sicher?", fragte Jule traurig.

„Ich fühle es, ja, so wird es kommen. Wir können die Girlanden wieder einpacken."

„Es regnet doch fast jedes Jahr am Sommerfest", meinte Mona und zuckte mit den Schultern, als sie böse Blicke erntete.

Jule wandte sich an Sophie.

„Weißt du, unsere Peri hat da manchmal so ein Ziehen in der Herzgegend und dann kann sie für einen kurzen Moment in die Zukunft sehen."

Gretas Augen begannen sich zu verengen und sie flüsterte: „Peri ist eine *Hexe*."

Sophie hatte es gehört.

„Passt doch gut zu den Raben, die draußen sitzen. Gehört da einer dir?", fragte Mona Peri, doch diesmal schien sie es nicht ernst gemeint zu haben, denn ein leichtes Grinsen erhellte ihr schattiges Gesicht für den Bruchteil einer Sekunde. Trotzdem stellte Peri nun klar: „Also, Freunde, mein Name ist *Perihan*. Das bedeutet nicht Hexe, sondern ..." – „Königin der Feen", unterbrach Mona sie, wieder völlig ernst.

„Und ich bin die Königin der Kochtöpfe", kicherte Greta und klopfte auf einen Topf in ihrer Nähe.

„Da hast du vermutlich Recht, Greta",

rief Frau Prinz nun in die Gruppe, wobei ihr Ton wie immer freundlich blieb.

„Könnt ihr euch jetzt wieder auf eure Aufgaben konzentrieren, Jule, komm doch mal kurz ins Büro mit, wir müssen noch besprechen, wann du mich am Buffet ablöst."

Kaum hatten die beiden die Küche verlassen, polterte Peri los: „Das war gut, Greta. Hast du noch mehr solche verrückten Ideen?"

Greta blinzelte listig und sagte in einem Tonfall, der ihren Zuhörern nahezulegen schien, dass sie nur Tatsachen verlauten ließ: „Mehr als genügend."

5

In der Zebrastraße 2 kam Sophie ein besonders gutgelaunter Josef entgegen, der ihr einen „wunderschönen guten Morgen" zurief und dann sich dann geschäftig mit seiner Gießkanne über die Blumen hermachte.

Auch im Haus herrschte Vollbetrieb, jeder tat einen letzten Handgriff fürs Fest. Als Sophie sich eine Schürze aus dem dafür vorgesehenen Schrank nehmen wollte, kam ihr ein türkisches Mädchen zuvor, das sie noch nie gesehen hatte.

Es verzog keine Miene und starrte Sophie nur an, mit einem undefinierbaren Ausdruck in den Augen.

Sophie wollte nachhelfen, den ersten Eindruck noch irgendwie zu retten, und reichte ihr einfach die Hand. Das Mädchen, ungefähr in ihrem Alter, nahm sie und ließ sie gleich wieder fallen, als sei sie glühend heiß. Sie hatte rabenschwarzes Haar, das ihr bis zu den Hüften reichte, doch noch mehr fiel ihr Lippenstift auf – er war etwas undefiniert bis über den Rand ihrer Lippe gemalt. Sie trug ein luftiges Sommerkleid mit riesigen Blumen darauf und knallgelbe hochhackige Schuhe, die aber irgendwie dazu zu passen schienen.

„Ich bin Sophie, ich helfe euch etwas in der Küche aus."

„Ich bin Candice", ließ das Mädchen nun verlauten. Ehe sich Sophie über diesen Namen wundern konnte, beugte sich Candice plötzlich unvermittelt vor und raunte ihr in vertraulichem Ton zu: „Weißt du, wie lange wir hier heute sein müssen?"

Sophie musste einfach nur lachen. Dann schüttelte sie den Kopf. „Frau Prinz hat mich herbestellt und ich habe *einfach keine Lust*", betonte sie. Dann drehte sie sich abrupt um und schwang ihr Haar über die Schultern. Fast wäre sie mit Jule zusammengeknallt, die gerade aus der Küche kam.

„Oh, hallo Candice", flötete sie. „Schön, dass du dir Zeit genommen hast." Dann ließ sie ein zuckriges Lachen hören, das Candice aber gar nicht wahrnahm. Sie begann um die Arbeitsplatte herumzustolzieren. Sophie fragte sich, was sie suchte, denn ihr Blick wanderte unruhig auf und ab.

„Was soll ich tun?", fragte sie unwirsch und zwirbelte eine ihrer schwarzen Strähnen um ihren Finger.

„Wir sind heute hauptsächlich draußen, lasst uns doch noch ein paar Tische und Stühle für die Gäste aufstellen, Schirme und so weiter", schlug Jule der kleinen Gruppe mit wiederum unnatürlich hoher Stimme vor.

Sophie beobachtete, wie die anderen Candice begrüßten, und ihr fiel, nicht ohne einen Funken der Bewunderung, auf, dass die Leute ihr ohne zu zögern den Respekt entgegenbrachten, den

Candice den anderen zu verweigern schien, aus welchen Beweggründen auch immer. Gerade kam Josef mit seiner Gießkanne bewaffnet um die Ecke, auch er ließ die Gelegenheit nicht aus, das Mädchen willkommen zu heißen. „*Candice*!", betonte er und schwang die Gießkanne, wobei er einen Schwall Wasser freiließ, gefährlich in der Nähe von Candice gelben Schuhen, worauf sie ein paar Schritte zur Seite stampfte wie ein aufgebrachtes Pferd. „Wie *schön*, dass du wieder hier bist." Er nahm seine freie linke Hand und malte mit ihr angedeutete Kreise um sein Gesicht herum und fragte in unschuldigem Ton: „Gehts dir besser? Du siehst so …" Bevor Josef etwas Weiteres sagen konnte, das er später bereut hätte, führte Jule die Gruppe zu Frau Prinz, die in der Nähe stand, wo sie ein paar Sonnenschirme an den Bänken befestigte.

Frau Prinz war gerade im Begriff, die

Gruppe nach Mona zu fragen, da tauchte diese in einem viel zu engen Kleid auf, das ihre Beckenknochen unnatürlich betonte. Sie hielt einen kleinen Jungen an der Hand. „Da seid ihr ja! Ihr könnt uns gleich zur Hand gehen. Hallo Malik", begrüßte Frau Prinz Monas Sohn. Dieser blickte mit ernsten Augen auf und fragte statt eines Grußes: „Kann ich ein Eis haben?"

Mona tätschelte seine kleine Hand und flüsterte ihm etwas ins Ohr, woraufhin sich Maliks Gesicht kurz erhellte, bevor es wieder so ernst wie das seiner Mutter wurde.

Die zwei verschwanden in der Küche.

Jule beugte sich zu Sophie und vertraute ihr mit einem Augenzwinkern an: „Du kannst drauf wetten, dass Malik nun jedem auf dem Fest auf den Nerv gehen wird, bis er nicht mindestens ein Dutzend Kilo Eis verdrückt hat."

Sophie fragte sich, ob so viel Zucker gesund sein konnte.

6

Als Herr Tilman, der zusammen mit seiner Gattin aufgetaucht war, mit fünfzehn Minuten Verspätung seine Begrüßungsrede hielt, kam Malik zu Sophie gerannt, in der Hand ein tropfendes Eis.
Sie fragte sich, wo Mona war.
Der Junge ging zielstrebig auf sie zu und setzte sich auf den freien Platz neben ihr. Dann begann er wie auf Knopfdruck zu berichten: „Wusstest du, dass der Fangschreckenkrebs Polarisationslicht sehen kann und ultraviolettes Licht?" Völlig perplex sah Sophie den Jungen an. Ehe sie antworten konnte, sprach er weiter: „Und Landkartenkegelschnecken haben innere Harpunen mit Gift. Wenn", jetzt weitete er seine Augen auf unnatürliche Weise, „der Mensch das Gift abbekommt, ist er nach drei Stunden tot."

„"… auf ein gelungenes Sommerfest, das dieses Jahr von Sonnenschein begleitet sein möge!"", dröhnte Herr Tilmans Stimme durch die provisorisch aufgestellten Lautsprecher, während sich die Rückkopplung bemerkbar machte.

Sophie wandte sich wieder Malik zu, doch dieser war einfach verschwunden. Da sah sie, wie Frau Tilman mit einem unübersehbaren Kostüm im Tiger-Look zum Kuchenbuffet marschierte, ihr Haar aufwändig aufgetürmt – ein Teil der Pracht fiel wallend über ihre nackten Schultern Die Gäste folgen ihr in einer Welle. Sophie beschloss, es ihnen nachzutun, und ging an der Bühne vorbei in Richtung Buffet.

Da ergriff sie ein Arm, der bullig war und kräftig zugleich.

Herr Tilman lachte dröhnend, woraufhin einige Kinder verschreckt davonrannten.

„Sophie, du Goldstück. Auf dich kann man sich einfach verlassen." Er kniff ihr in die Wange und schüttelte gleichzeitig seinen Kopf, der wieder die Farbe von reifen Tomaten angenommen hatte. Ohne jeden ersichtlichen Zusammenhang begann er weiterzuplaudern. „Also wie du weißt, habe ich ja ein Boot, nicht groß, aber man kann es darauf aushalten, wenn der Wind einem um die Ohren pfeift und man vergisst, dass die Sonne wer weiß wie vom Himmel knallt." Er lachte wiehernd. Sophie nickte und hielt gleichzeitig nach etwas Ausschau, das sie retten könnte. Was war nur los mit Herrn Tilman? Hatte er etwa schon zu viel Sekt abbekommen vor seiner Rede? Er schien Sophies Missstande nicht im Geringsten gewahr zu sein, denn munter schwang er seine Rede fort: „Um mich bei dir etwas zu revanchieren, du weißt schon, dein Engagement hier in diesem Laden, möchte ich dich mal mit aufs Boot nehmen, nur wir zwei, verstehste?" Nun sah er sie an, mit einem Blick, der Sophies Innerstes irgendwie verknotete, sodass sie leise beschloss, den Kuchen später zu essen.

„Sophie, kann ich dich bitte für einen Moment sprechen? Frau Prinz bräuchte deine Hilfe in der Küche."

Ein älterer Mann, der etwas gebückt an einem Stock ging, kam auf die Bühne zu und sah Sophie direkt mit seinen himmelblauen Augen an, die etwas Ruhiges ausstrahlten, etwa wie ein See, dessen Oberfläche durch keine Bewegung gestört wurde, was sich aber jederzeit ändern konnte. Sophie hatte das Gefühl, ihn von irgendwoher zu kennen. Doch womöglich irrte sie sich. Der Mann hatte mit einer klaren Stimme gesprochen, die überhaupt nichts Brüchiges oder vom Alter Bestimmtes hatte. Sophie verstand den Wink und sagte zu Herrn Tilman gewandt, der sie mit offenem Mund anstarrte: „Tut mir leid, die Arbeit ruft." Dann zuckte sie zur Bekräftigung mit den Schultern und ging an dem sonderbaren Alten mit den glasklaren Augen vorbei. Aus dem Augenwinkel sah sie, wie er ihr zuzwinkerte.

7

In der Küche war niemand, außer Josef,
der gerade eine Gießkanne mit Wasser
auffüllte.

Er schien irgendwie mit sich zu ringen.
Sophie ging, da sie nicht wieder in Herr
Tilmans Fänge geraten wollte, auf ihn
zu. Er sprach mit leiser Stimme: „Ich
habe heimlich ein paar meiner Bilder in
den Schaukasten im Aufenthaltsraum
gestellt. Bisher hat sie aber niemand
angesehen. Das ist so *traurig.*"

Sophie versuchte ihn aufzumuntern:
„Sieh mal, Josef, das Fest hat doch
gerade erst begonnen. Bestimmt kommen noch ein paar Leute und sehen sich
deine Kunst an."

„Meinst du?" Josefs Augen begannen
wieder zu leuchten. Völlig in seine Welt
versunken, vergaß er, den Hahn abzu-
stellen, und das Wasser ergoss sich bis
über den Rand der Kanne. Er stellte sie

behutsam ab. „Komm mal mit, Sophie, ich zeig dir die Bilder. Aber", er hielt inne und sah Sophie gespannt an, „wundere dich nicht, es sind keine gemalten Bilder, ich bin auf Fotografie umgestiegen. Das interessiert die Leute mehr." Josef redete und war wieder Feuer und Flamme. Eine Hand wäscht die andere, dachte Sophie und lächelte in sich hinein.

Sie gingen durch die Durchgangstür in Richtung Aufenthaltsraum und hielten vor einem Schaukasten an, der schwach beleuchtet war. Joseph begann ihr ohne Umschweife sein Werk vorzustellen.

„Das ist ein französisches Gemälde. Siehst du, wie es mit den Schatten arbeitet? Sie sind im Hintergrund und bestimmen dennoch die komplette Wirkung des Bildes. Seine Ausrichtung ist allein von den Schatten abhängig. Das daneben: Hier ist ein nacktes Baby in einer Art Lotusblüte. Das ist natürlich eine Attrappe. Doch es scheint echt und macht das Baby plastischer, es springt einem förmlich ins Auge, wunderbar, nicht? Und da, ein Bild der englischen Königin, im Hintergrund ein vergoldeter Thron mit der Aufschrift ‚Save the Queen‘, einer Modemarke", klärte Josef Sophie auf. „Wie findest du mein *sagenhaftes* Werk?"

8

Nachdem die letzten, vom Regen aufge-
weichten Girlanden entfernt und die
Bühne mit den Lautsprechern abgebaut
worden war, kehrte wieder Normalität in
der Zebrastraße 2 ein, sofern man von
Normalität reden konnte. Nur Josefs
Fotografien blieben noch eine Weile im
Schaukasten, da er vehement darauf
bestand.

Seit dem Vorfall auf dem Sommerfest
hatte Sophie den sonderbaren Alten nicht
mehr gesehen, die Station schien ihn
völlig verschluckt zu haben. Und sie
wusste auch seinen Namen nicht, daher
konnte sie nicht nach ihm fragen. Eigentlich wollte sie sich nur bei ihm bedanken
für seinen mutigen Einsatz gegenüber
der menschgewordenen Bulldogge, wie
sie Herrn Tilman heimlich nannte.
Dieser war nach ihrem Zusammentreffen

auf wundersame Weise verschwunden, zusammen mit seiner getigerten Frau. Vielleicht langweilte ihn das Fest mit seinen mittelmäßigen Darbietungen einer irischen Band, die a capella sang, dem lauwarmen Bier, dem hausbackenen Kuchen und all dem bürgerlichen Firlefanz.

Es ergab sich im Laufe des anbrechenden Julimonates, dass Sophie dem Alten mit den himmelblauen Augen erneut über den Weg lief, und zwar im Korridor, in dem Fee nach dem Fest wieder platziert worden war.
Er schien sich eingehend mit dem Papagei zu unterhalten, welcher den Kopf schräg neigte und die Aufmerksamkeit zu genießen schien, denn von Zeit zu Zeit gurrte Fee wie ein Täubchen.
Sophie kam näher.
„... erhebst du deine Schwingen und gleitest völlig schwerelos über den Dächern und Vorgärten der Stadt. Dann

kannst du die Raben jagen und ihre Geheimnisse klauen. Denk ja nicht, die wissen nix. Sie hüten ihr Wissen nur sorgfältig. Ja, das tun sie." Der Alte platzierte seinen Stock so, dass er in seiner Position bequemer verharren konnte.

„Brauchen Sie einen Stuhl?", fragte Sophie höflich.

Der Alte lachte herzlich.

„Welche Aufmerksamkeit! Nein, danke, sonst denkt Fee noch, ich habe alle meine Kräfte verloren. Nicht wahr, meine gefiederte Gefährtin?"

„Sie mögen sie, nicht wahr?"

„Sie ist eine geduldige Zuhörerin. Und kann ja nicht wegfliegen, aber daran arbeiten wir noch, so wahr ich hier stehe." Und das Lachen des Alten erklang wieder wie tausend kleine Glockenschläge.

„Mein Name ist übrigens Odo."

Sophie meinte, den Namen schon einmal gehört zu haben. Sie fasste sich ein Herz und fragte: „Sind wir uns schon einmal über den Weg gelaufen? Ich meine nicht das Sommerfest, als sie mich … als sie Herrn Tilman …"

Sophie stockte. Odo verbesserte sie: „Sie meinen, als ich dem guten Herrn half, ihn in die Schranken zu verweisen? Das habe ich gern gemacht." Schnell bedankte sich Sophie nachträglich für seinen beherzten Einsatz. Dann fügte sie hinzu: „Ich bin Sophie."

Odos Augen erhellten sich, falls das bei seiner himmelblauen Farbe überhaupt möglich war.

„Sophie! Hast du nicht einmal in der Stadtgärtnerei gearbeitet?"

Erstaunt hielt Sophie inne. Woher wusste Odo …?

Dann fiel es auch ihr wie Schuppen von den Augen.

„Mensch, Sie sind doch der alte Friedhofsgärtner, nicht wahr?", entfuhr es ihr.

Sie hatte in der Zeit ihrer Ausbildung auch einen Tag auf dem Dorffriedhof verbracht und war dort Odo begegnet, der für dessen Pflege verantwortlich war. Damals ging er noch nicht am Stock. War bereits so viel Zeit verflossen?

„Man sieht sich immer zwei Mal im Leben", war Odos einziger Kommentar zu der Tatsache, dass sich ihre Wege hier, in der Zebrastraße 2, abermals kreuzten.

9

An einem beschaulichen, vergleichswei-
se ereignislosen Mittwochmorgen kam
Candice mit gewohnt hochhackigen
Schuhen und statt eines Kleides diesmal
mit Leopardenleggins durch den Eingang stolziert, aus dem Augenwinkel sah
Sophie, dass ihre Schminke an den
Augenrändern leicht verlaufen war. Kein
gutes Zeichen.

Sie wandte sich an Jule, die Candice
ebenfalls bemerkt hatte. Schulterzuckend
flüsterte diese Sophie zu: „Pass auf, ich
habe einen Zaubertrick."

Sie räusperte sich kurz, ging auf Candice
zu und begrüßte sie wie eine seit Jahren
entbehrte Freundin. Candice reagierte,
indem sie schniefte und einen traurigen
Blick in die Küche warf, mit Kullerau-
gen, so groß wie Wagenräder. Jule breitete die Arme aus und fragte mit einer
unnatürlich hohen, zuckrigen Stimme:

„Candice, möchtest du heute unser Ver-
köstiger sein? Du darfst hier probieren
und da und natürlich auch vom Dessert.
Na, wie wäre das?"

Candice blickte sie entgeistert an und
vergaß darüber völlig ihre Traurigkeit.

„*Ich* soll das *essen*? Dann werde ich ja
platzen. Meine Figur, also wirklich …"

Sie schmiss ihre Jacke in den Schrank,
statt sie aufzuhängen, und stöckelte um
die Arbeitsplatte herum, wobei das
stakkotoartige *Klonk-Klonk* ihrer Absät-
ze das Herumrücken von Gretas Koch-
töpfen übertönte.

Die ersten fünfzehn Minuten nach ihrer
verspäteten Ankunft schnippelte Candice
lustlos an einer Möhre herum und warf
dabei ständig lauernde Blicke um sich,
als befürchte sie, irgendjemand könnte
ihre Arbeitsweise kritisieren. Dabei hielt
man sich taktvoll zurück. Vielleicht war
es das, was ihre Wut von Neuem ansta-
chelte, denn ohne jede Vorwarnung warf

sie die Möhre vor den Kühlschrank auf den Boden und stapfte anschließend wie ein wütender Stier, begleitet von dem *Klonk-Klonk* ihrer Schuhe hinaus in den Vorhof.

Man warf sich verständnislose Blicke zu. Frau Prinz schlug in stiller Verzweiflung die Hände über dem Kopf zusammen. „Diese Jugend", sagte sie wie zu sich selbst. Jule ging, gefasst wie immer, zu ihr hin und sprach in besänftigendem Ton: „Ich geh mal raus zu Candice. Sie beruhigt sich bestimmt wieder. Ist halt unser kleiner Vulkan." Sie lachte leise.

10

„Sophie, könntest du mit Mona draußen ein paar Tische aufstellen und ein paar übriggebliebene Girlanden vom Sommerfest verteilen?"

Die Zebrastraße 2 feierte den Geburtstag einer betagten Dame und wieder packte jeder mit an. Sie hatten noch ein paar Stunden Zeit, bis die ersten Gäste von außerhalb eintreffen würden. In der Küche herrschte Vollbetrieb.

Greta sang aus Leibeskräften „Hoch soll sie leben" und tanzte einen etwas kantigen Tanz, wobei sie von Peri begleitet wurde, die ihren Rock bis über die Hüfte schwang. Sophie lachte und klatschte dazu. Mona schüttelte in gleichmäßigen Abständen ihren Kopf, konnte sich ein Lächeln aber nicht verkneifen, und Candice war gar nicht erst aufgetaucht.

Als auf einmal Frau Prinz mit Jule in der Durchgangstür erschien, löste sich der

Zauber und jeder ging wieder an seine Arbeit.

Die Sonne wanderte langsam in Richtung Westen und warf ihre immer noch gleißenden Strahlen auf den Vorgarten der Zebrastraße 2, die sich in eine Oase des Zelebrierens verwandelt hatte: Zwischen zwei eigens von Josef angeschafften Palmen hing in dicken goldenen Lettern „Happy Birthday, Maria", die Bänke waren mit selbstgehäkelten Deckchen der Damen geschmückt und ein kleiner Froschkönig aus Pappmaché thronte auf dem Brunnen. Fee saß unter einem Schirm an der Hauswand und krähte fröhlich beim Geburtstagsständchen mit, wobei sie sich selbst durch ihr glucksendes Lachen mehrmals unterbrach.

Die ersten Gäste hatten sich schon eingefunden und saßen um Maria, welche von ihren betagten Freundinnen eine Plastikkrone aufgesetzt bekommen hatte und gerade eine der zahlreichen Karten vorlas, die auf einem kleinen Tisch nebst einem Berg von Geschenken lagen.

Sie bedankte sich gebührend bei den Gästen und eröffnete schließlich das Kuchenbuffet.

Sophie wusste später nicht mehr genau, weshalb ihr einer der Gäste sofort ins Auge gefallen war, doch vermutlich lag es daran, dass er den Altersdurchschnitt der betagten Gesellschaft drastisch senkte.

Sie war gerade dabei, das zu Boden gefallene Geschenkpapier aufzusammeln, als sie von ebendiesem Gast angesprochen wurde: „Hallo, schöne Dame."

Einigermaßen verwirrt blickte Sophie auf und wollte schon antworten, da kam ihr der Fremde zuvor: „Es muss ein einmaliges Glück sein, hier zu arbeiten oder gar zu wohnen. Ich bin übrigens Lorenz."

Der Name passt, dachte Sophie und

musterte Lorenz. Er trug Anzug und Krawatte und hatte sein schulterlanges, braun gelocktes Haar nach hinten ge-kämmt.

Lorenz reichte ihr die Hand und schüttel-te die ihre kurz und kräftig.

Sophie stellte sich ebenfalls vor.

Doch weiter kam sie nicht, denn Lorenz begann zu erklären: „Sie wundern sich bestimmt, was ich hier verloren habe. Ehrlich gesagt frage ich mich das auch."

Er blickte sie offen an mit seinen man-delfarbenen Augen, die einen satten Ton besaßen, der gut zu seinem Teint passte.

War dieser Mann verrückt, fragte sich Sophie insgeheim.

Lorenz begann zu lachen, perlend und irgendwie einnehmend. „Das war nur ein Scherz. Ich bin Marias Enkel. Und bevor ich mich im Plaudern vergesse, verraten Sie mir bitte, wo ich hier einen Neben-raum finde, in dem ich ungestört bin."

Im Flüsterton fügte er hinzu: „Ich plane eine kleine Geburtstagsüberraschung für

Maria."

Etwas perplex nickte Sophie, führte Lorenz dann aber wie gewünscht in den Aufenthaltsraum.

„Danke. Das ist super. Ich bin gleich wieder da." Und schon war Lorenz verschwunden. Bevor Sophie sich auch nur einen Zentimeter rühren konnte, war er wieder aufgetaucht, mit einem Violinkasten in den Händen, den er aus dem Nichts befördert zu haben schien.

„Sie weiß es bestimmt ohnehin, aber was solls. Und verstecken kann man das sperrige Ding auch schlecht."

„Kann ich sonst noch irgendetwas für Sie tun?", fragte Sophie unsicher.

Lorenz antwortete lächelnd: „Danke, Sophie, ich komm jetzt, glaub ich, gut alleine klar. Bis gleich."

Und er begann seine Geige zu stimmen, verhalten, damit ihn draußen niemand hörte, wobei dies nicht nötig gewesen wäre bei dem Lärm, den die Gesellschaft veranstaltete.

11

„Meine liebe Großmutter Maria, lass uns deinen 95. Wiegentag feiern. Nun ein paar Worte zu meiner Darbietung: So, wie wir nach einem höheren Alter streben, nach Weisheit und Vollendung, strebt die Musik nach Höherem. Sie ist der Ausdruck von Kunst in Klangform, die sich auf unserer Seele ausbreitet und in ihr jenes Leiden, damit verbunden Leidenschaft entfacht, welches uns antreibt, uns vom Staub der Erde zu erheben."

Maria lachte entzückt auf und klatschte in die Hände.

„Bravo, mein Lorenz!"

Lorenz begann eine Weise zu spielen, die seiner sprachlichen Darbietung in nichts nachstand. Sophie vermutete, dass sie selbstkomponiert war, denn sonst hätte Lorenz sein Stück bestimmt angesagt, formvollendet, wie er sich bis jetzt gegeben hatte.

Applaus brandete auf. Der Künstler verneigte sich kurz und spielte als kleine Zugabe einen Csárdás, wozu Peri mit Greta einen Ringelreigen zu tanzen begann. „Ihr Zigeuner!", rief Fee, die niemand tadelte.

Jule stieß Sophie in die Seite und raunte ihr ins Ohr: „Das ist aber ein Talent von Mann. Ich wünschte, meiner hätte auch nur einen Funken Poesie!" Gedankenverloren zog sie an ihrem Halm und sah verträumt zu Lorenz auf. Sophie bemerkte, dass sie nicht die Einzige war – auch Mona, die wieder ein viel zu enges Kleid anhatte, hatte etwas Verklärtes in ihrem Blick und saß aufrecht wie eine Statue mit gerecktem Hals inmitten der Gäste.

Es folgten Darbietungen der älteren Herrschaften; man hatte neben ein paar Liedern einen Sketch vorbereitet, bei dem Maria mitspielen musste. Und weil sie ihren Einsatz vor lauter Lachen verpasste, wurde ihr ein volles Glas Holundersekt verordnet.

Derweil holte sich Lorenz ein extra großes Himbeertortenstück vom Buffet und setzte sich auf einen freien Platz in der hinteren Reihe, ganz in der Nähe von Sophie und Jule.

„Nettes Fest, nicht wahr? Und Petrus ist uns so wohlgesonnen. Diese Torte ist einfach fantastisch", schwärmte Lorenz, nahm ein großes Stück von seinem Tortenstück und musste dann selbst lachen. „Verzeihen Sie, Sie müssen denken, ich stamme aus einem anderen Jahrhundert." Er ignorierte Jule komplett, welche die Szene aber mit wachsendem Interesse verfolgte. „Mir gefällt die Feier auch ganz gut", meinte Sophie und lächelte Lorenz an. Dieser neigte ihr seinen Kopf kurz zu, als würde er über etwas nachdenken, und sagte dann offenherzig: „Duzen wir uns doch. Ich meine, noch gehören wir ja nicht zu denen, oder?" Er deutete auf die Gesellschaft, die sich nun wieder auf ihre Plätze begeben hatte. Oldies ertönten von einem CD-Player und da erhoben sich auch schon ein paar Tanzwillige.

„Na, wenn ich mal so alt werde, möchte ich denen aber in nichts nachstehen." Sophie lachte.

„Da hast du wohl Recht", meinte Lorenz. Dann beugte er sich vor und raunte Sophie in gespielt verschwörerischem Tonfall zu: „Komm, denen zeigen wirs." Und er stellte seinen Kuchenteller auf die Bank, richtete sich neben Sophie auf und ging mit ihr auf die Tanzfläche. Sophie wusste nicht, wie ihr geschah, so schnell hatte er sie an der Taille gepackt und schwang sie herum, während Mungo Jerry „In the Summertime" zum Besten gab.

12

Sophie war nicht entgangen, dass Odo dem Fest ferngeblieben war. Vielleicht hatte er einen Spaziergang gemacht, zusammen mit Josef, der ebenfalls abgetaucht war, und mit ihm über die Pflanzen und die Natur diskutiert. Sie lächelte in sich hinein. „Na, musst du an deinen charmanten Tanzpartner denken?", neckte sie Jule einen Tag später.

„Gar nicht", brüskierte sich Sophie.

„Der hat dir gefallen, stimmts? War nicht zu übersehen übrigens."

Sie waren gerade dabei, das Mittagessen für die Station vorzubereiten. Candice war wieder aufgetaucht und hatte das Gespräch von Jule und Sophie mitverfolgt.

Vorsichtig, wie man es von ihr nicht kannte, fragte sie: „War das Fest gestern schön? Ich konnte nicht, mir gings nicht besonders gut."

Jule strich ihr beruhigend über den Rücken. „Mach dir nichts draus, wir sind schon klargekommen, aber du hast da eine winzige Kleinigkeit verpasst …" Und lachend tanzte sie um die Arbeitsplatte herum, was Mona diesmal missfiel. „Unser Charmeur von Violinist. Er war irgendwie aalglatt, findet ihr nicht? So wie Bellas Edward etwa, nicht aus dieser Zeit."

„Aber genauso talentiert und mystisch", frohlockte Jule und hörte mit ihrem Tanz erst auf, als Peri entschieden zwei Kochtopfdeckel aneinanderschlug.

Davon wurde Jules Laune nicht getrübt. Im Gegenteil – sie fragte nun auch Peri nach ihrer Meinung. „Was hältst du von Marias Enkel? Da hat sie richtig was in der Pfanne. Und kein Wort darüber."

Peri weigerte sich vehement, ihre Meinung kundzutun, und ließ nur folgende Worte verlauten: „Ihr werdet schon noch sehen, ihr Kindsköpfe!", woraufhin Greta mit ihrem zahnlosen Grinsen

echote: „Kindsköpfe, Schafsköpfe!"
„Puh, ist das wieder ein Kindergarten.
Diesmal gebe ich dir Recht, Greta, wir
sind hier in der Villa Kunterbunt."

An den Wochenenden vermisste Sophie
das bunte Treiben in der Zebrastraße 2
manchmal und war regelrecht erleichtert,
wenn ihr Wecker um sieben Uhr zu
schrillen begann. Und ihr Leben wäre in
diesen einigermaßen gleichbleibenden
Bahnen verlaufen, wenn da nicht eines
Tages Lorenz wieder aufgetaucht wäre,
diesmal ohne Anzug. Mona hatte ihn
schon von Weitem gesichtet mit ihren
„Adleraugen", wie Peri sie nannte, und
erstattete der Gruppe Bericht.
„Hört mal her, Prinz Charming ist wieder da, hat wohl seine Violine vergessen.
Oder sein Herz."
Verächtlich schüttelte sie ihre schwarze
Mähne, die sich umso stärker an die
Schatten um ihre Augen und Mundwin-
kel anzugleichen schienen. Die anderen

reagierten ähnlich, bis auf Jule und Greta, die sich gegenseitig abklatschten. „Geh schon, Sophie, wegen dir ist er doch da." Mona schubste sie in Richtung Durchgangstür. Sophie machte keine Anstalten, ihr zu folgen. „Woher willst du das wissen?", fragte sie nur und widmete sich dem Schälen ihrer Zwiebel. „Nicht heulen, Kleines", foppte sie Mona, die heute, wie es schien, einen rabenschwarzen Tag erwischt hatte.

Jule sprang wie immer für Sophie ein: „Lass sie, Mona. Du bist ja nur neidisch, stimmts?"

Ein Klopfen an der Tür unterbrach sie. Alle Köpfe wandten sich nun Lorenz zu, der in der Tür erschien.

„Hallo, meine Damen. Ich will euch ja nicht bei der Arbeit stören, ich dachte nur, ich schau mal vorbei, wenn ich schon meine Großmutter besuche."

„Hat der irgendwie zu viel Zeit?", raunte Mona Candice zu, die wiehernd losprustete. Es gefiel ihr, dass Mona sie mit ins

Boot holte. Selbstsicher machte sie nun auf sich aufmerksam, indem sie die kleine Pause nutzte, die entstand, und irgendwie im Raum schwebte.

„Wer sind Sie, wenn ich fragen darf?"

„Oh, ich bin Lorenz, Marias Enkel."

Eine Spur der Verwunderung störte seine ebenmäßigen Züge, jedoch nur für einen Sekundenbruchteil, bevor er sich wieder fasste.

„Das Mittagessen, ist es nur für die Bewohner der Station oder für jeden zugänglich?"

Peri kam nun Candice zuvor, die unbedingt die Aufmerksamkeit für sich verbuchen wollte. „Sie können bei Frau Prinz anfragen, für Besucher des Hauses ist das Mittagessen gestattet." Lorenz nickte der Gruppe zu und verweilte mit seinem Blick kurz auf Sophie, bevor er sich losriss und wieder durch die Tür zum Aufenthaltsraum verschwand.

Nachdem er die Tür geschlossen hatte, ging der Zirkus von vorn los – Jule tanzte, Greta sang, Peri fluchte und Candice und Mona sahen sich verständnislos an. Sophie wurde es zu bunt, sie entschuldigte sich und ging in Richtung Toilette.

So sehr sie die Frauen auch mochte, manchmal gingen sie einfach einen Schritt zu weit. Von den Zwiebeln hatte sie immer noch Spuren von Tränen in den Augen. Sie wischte sie mit ihrem Handrücken ab.

„Na, warum so traurig, schöne Frau?", sprach Lorenz sie an, der unvermittelt vom Aufenthaltsraum her auf sie zukam.

„Ach, ich habe nur Zwiebeln geschnitten", erklärte Sophie. „Und du besuchst deine Großmutter, richtig?"

„Ich nutze die Zeit, die ich noch hier am Schweigersee verbringe, bevor es zurück in die Heimat geht." Lächelnd strich er sich ein paar Haarsträhnen aus dem Gesicht.

„Du bist gar nicht von hier?", entfuhr es Sophie. Am liebsten hätte sie sich auf die Zunge gebissen. Lachend verneinte Lorenz.

„Nette Gruppe übrigens." Er deutete in Richtung Küche, in der es auf einmal auffällig still wurde. „Immer was los jedenfalls." Sophie nickte.

„Also, wenn du Zeit und Lust hast, können wir was unternehmen, auf den See rausfahren, damit du mal was anderes siehst", meinte Lorenz und zwinkerte Sophie zu.

Diese entgegnete: „Ich kann hier nicht einfach von der Arbeit verschwinden. Ich meine, ich …"

„Ja, schon gut." Lorenz hob beschwichtigend seine Hände und verbesserte sich: „Ich meinte vielleicht am Wochenende, wie wäre Samstagnachmittag, zwei Uhr hier in der Zebrastraße?"

Sophie brachte es nicht übers Herz, Nein zu sagen.

13

Lorenz kam am darauffolgenden Samstag pünktlich auf den Glockenschlag um 14 Uhr mit einem alten, silbergrauen Ford zur Einfahrt herangerollt und parkte neben dem Brunnen, auf dem immer noch Marias Froschkönig saß.

Sie fuhren an einen nahegelegenen See.

„Nicht an den Schweigersee, den kennst du ja schon", meinte Lorenz lachend und dirigierte sein Auto aus der Grenzsiedlung heraus Richtung Nordwesten.

Nach etwa einer halben Stunde erreichten sie einen anthrazitfarbenen See, dessen Ufer sich muschelförmig um eine Brücke wölbten, welche das Gewässer in zwei Hälften teilte.

Die Sonne hatte ihren Zenit längst überschritten. Ein Kranich zog majestätisch seine Kreise, er streckte seinen Körper, wirkte dabei wie ein Balletttänzer und fügte sich so in das idyllische Bild ein.

Es waren kaum Leute da. Wenn man genauer hinsah, konnte man fast auf den Grund des Sees blicken, der völlig ruhig dalag.

„Ein Baggersee, den irgendwie niemand kennt", meinte Lorenz und breitete sein Handtuch auf dem Rasen aus. „Wunderschön hier", fand Sophie und tat es ihm gleich.

„Du kennst dich aber ziemlich gut aus in der Gegend, dafür, dass du nicht von hier bist", stellte Sophie fest und zwirbelte eine der blonden Haarsträhnen um ihren Finger.

„Gut erkannt, Sherlock!" Lorenz lachte wie ein Schuljunge auf. „Tatsächlich habe ich hier den größten Teil meiner Kindheit verbracht und mit zehn bin ich dann nach Heidelberg zu meinem Vater gezogen. Nur meine restlichen Verwandten hier ziehen mich noch in dieses Nest. Wenn man nach einer Weile wieder hierherkommt, meint man manchmal, hier läge der Hund begraben. Aber schön ist es trotzdem", meinte Lorenz, faltete die Hände an seinem Hinterkopf zusammen und blickte in den wolkenlosen Himmel.

Plötzlich begann sich Sophie für ihr beschauliches Leben zu schämen. Wie spannend musste es sein, in einer Großstadt zu leben, Auftritte hier, Einladungen da und dann die Partys, bei denen man auf Gleichgesinnte stieß. Sie hasste es, Vergleiche zu einem solch utopischen Lebensstil zu ziehen.

„Du siehst so nachdenklich aus", stellte Lorenz fest und strich ihr die Haarsträhne aus dem Gesicht. „Auf dem Land sind die Frauen so ruhig und nachdenklich. Manchmal auch traurig. Irgendwie mag ich das."

Jetzt war es an Sophie, zu lachen, doch es war eher vor Überraschung. „Ach was, das bildest du dir nur ein." „Diese weiten, endlosen Landschaften laden förmlich zum Nachdenken ein. Ideal für

einen Maler beispielsweise. Malst du?",
fragte Lorenz unvermittelt.

Sophie schüttelte den Kopf.

„Liest du?"

„Nun, mein Vater ist Schriftsteller, da
wurde ich praktisch gezwungen, wenn
man es also so sieht …"

„Ist nicht wahr! Worüber schreibt er
denn?"

Sophie konnte Lorenz' Begeisterung
nicht im Mindesten nachempfinden.

Für sie war das übermäßige Interesse an
der Laufbahn ihres Vaters eher lästig.

Bloß weil er Künstler war. Die gab es
doch wie Sand am Meer. „Willst du mir
nichts über deinen Vater erzählen? Na
komm schon, Sophie", begann Lorenz zu
betteln.

Er ließ nicht locker und löcherte sie
unnachgiebig. „Viel weiß ich ja nicht
über seine Werke. Am besten stell ich
euch mal einander vor, dann könnt ihr
fachsimpeln", lautete Sophies schlichter
Kommentar.

Sie hatte zwar keine genauen Vorstellungen von dem Treffen gehabt, doch falls da doch welche gewesen wären, hatte die Realität diese jetzt irgendwie unsanft zur Seite geschoben. Um ihre Gefühle nicht zu verraten, fragte sie ihn irgendetwas.

„Nimm mich doch mal mit nach Heidelberg. Dass ich auch mal was anderes sehe." Sie hoffte, dass dies nicht allzu zynisch klang.

„Klar, warum nicht, ich zeig dir dann das Schloss, den Philosophenweg, das alte Theater ..."

So ging das noch eine Weile, bis Sophie das Gefühl hatte, sich abkühlen zu müssen, wobei sie nicht genau sagen konnte, ob dies an der Hitze oder an ihrem Gespräch lag.

14

Am nächsten Montag sah Sophie schon von Weitem Odo an Fees Käfig sitzen – ja, er saß diesmal.

„Worüber unterhaltet ihr euch denn?", fragte Sophie und lächelte Odo an, der sich langsam zu ihr wandte. „Sieh doch mal den Raben draußen auf dem Dach, der so anders aussieht als die anderen. Er ist in Wirklichkeit eine Krähe, versucht aber dazuzugehören und den Raben zu imponieren."

Odos himmelblaue Augen blitzten listig auf.

„Und jetzt die Moral von der Geschicht'?", fragte Fee frech dazwischen.

„Das ist dein Rätsel, Fee. Nur so viel, Krähen unterscheiden sich manchmal nicht allzu sehr von den Menschen."

„Scharlatane, Querulanten", begann Fee zu hetzen.

„Na, na", wurde sie sanft von Odo getadelt.

„Wölfe im Schafspelz?", fragte Fee, eine Spur freundlicher.

„Gar nicht schlecht."

Sophie verstand nur Bahnhof.

„Sie sind mitten unter uns und manche von ihnen wenden ihre Tricks nur an, damit wir sie zu Königen machen, sie verehren, auf diese oder jene Weise, nur weil sie meinen, etwas Besonderes zu sein."

Odo begann plötzlich, mit seinen freien Händen Luftgeige zu spielen.

Sophie fragte sich langsam, ob der Alte überschnappte.

Sie nickte langsam, nur um irgendeine Reaktion zu zeigen, und entfernte sich dann von den zwei Philosophen in Richtung Küche.

„Sophie! Wie war dein Wochenende?" Jule schlang ihre Arme um Sophies Taille und wirbelte sie herum.

„Super, und deins?"

„Sicher nicht so spannend wie deins. Los, erzähl uns alles."

„Habt ihr hier irgendwo einen Spion postiert?"

„Der war gut", meinte Mona und fügte trocken hinzu: „Jetzt bloß nicht in Wahngedanken verfallen."

„Kennst dich etwa damit aus?", fragte Greta und kicherte diebisch.

„Nicht so wie *du* jedenfalls. Aber danke, mein Sohn reicht mir völlig."

„Leute, es geht jetzt hier einmal nicht um eure ständige Verrücktheiten, Sophie will jetzt was loswerden, stimmts?"

„Ach, ich war nur mit Lorenz am See, so spannend wars gar nicht."

„Klingt irgendwie traurig. Ist er doch nicht Mr. Right?", mischte sich Mona wieder ein.

„Wir haben uns nur ein bisschen unterhalten, nichts weiter."

„Nichts weiter?", echoten die Mädels im Chor.

„Na, hoffentlich", meinte Frau Prinz

lächelnd und kam zur Küche herein.

Somit war das Thema beendet und Sophie atmete innerlich auf.

Wenigstens würde Lorenz heute nicht unangemeldet aufkreuzen, denn sein Urlaub war beendet und sein Weg führte ihn zurück nach Heidelberg. Irgendwie war Sophie ein bisschen froh darüber. Auch wenn sie nicht genau hätte sagen können, woran das lag.

15

Es war Nachmittag und die Luft flimmerte vor Hitze. Sophie befand sich am Bahnhof und war dort fast die einzige Person. Ein Rabe spazierte vor ihr auf und ab, mit einer Walnuss im Schnabel. Sie musste an Odo denken. Wer war dieser Friedhofsgärtner? Warum sprach er mit den Vögeln?
Und warum drückte er sich immerzu in Rätseln aus?

Zurück in ihrer Einzimmerwohnung, setzte sich Sophie an ihren Laptop und gab bei Google ein: „Rabenflüsterer". Sie wusste nicht genau, was sie sich davon erhoffte, doch dann erschien, bevor sie sich weitere Gedanken darüber machen konnte, ein Katalog von Vorschlägen. So kam sie nicht weiter. Sie gab einfach „Rabe" ein und las den folgenden Text: „In der nordischen

Mythologie symbolisiert der Rabe die Weisheit, der Gott Odin hatte stets die beiden Kohlraben Hugin und Munin bei sich, die auf seinen Schultern saßen und ihm berichteten, was auf der Welt vor sich ging …" Odin, Odo.

Sophie staunte über diesen Zufall. Sie wusste, dass sie irgendwo schon einmal von der Legende des Odin gehört hatte. Odo, der Rabenflüsterer. Konnte er die Natur lesen wie ein Buch? Sophie beschloss, nächstes Mal doch genauer hinzuhören, wenn er eines seiner Rätsel preisgab.

16

Da sie an diesem Abend nichts anderes vorhatte, beschloss Sophie, einen Spontanbesuch bei ihren Eltern zu machen.

Von Weitem sah Sophie das Retro-Haus ihrer Eltern.

Sie klingelte.

„Sophie, ach du bist es. Komm doch rein", ertönte die Stimme ihrer Mutter. Sophie fand, dass sie irgendwie etwas gehetzt klang, als sei sie in Eile.

„Störe ich?", fragte sie vorsichtig, als sie das Haus betrat.

„Ach was", Frau Gustavson machte eine wegwerfende Bewegung mit der Hand. „Schön, dass du dir Zeit nimmst, vorbeizuschauen."

Jetzt begann sie zu lächeln, doch ihre Züge wirkten so angespannt, als strenge es sie an.

„Wie gehts Dad? Ist er am Schreiben?"

„Walter ist in seine Geburtstagsvorbereitungen vertieft. Das macht er schon seit Wochen. Du weißt ja, er lädt seine alten Studienkollegen ein, Kunstliebhaber, und plant dann sorgfältig den Ablauf des Abends. Wie Walter halt so ist."

Sophie half ihrer Mutter in der Küche beim Abendbrotvorbereiten.

„Wie läuft es denn bei dir in der Küche, Sophie? Hast du Anschluss gefunden? Sind die Leute nett?"

Frau Gustavson ließ einen Fragenkatalog los. „Und ihr seid nur Frauen in der Küche, ist das nicht etwas eintönig?"

Sophie fühlte sich genötigt, Lorenz zu erwähnen.

„Ein junger Mann aus Heidelberg? Sieh mal einer an. Der ist bestimmt gebildet, was macht er denn?"

„Er spielt Violine. Gar nicht mal so schlecht", fügte Sophie widerwillig hinzu.

Eigentlich hatte sie dieses Thema gar nicht anschneiden wollen, doch bei ihrer Mutter war einfach nichts zu machen.

Da kam Herr Gustavson zur Tür herein.

„Sophie, was für eine Überraschung. Warum erzählt mir niemand, dass wir einen Ehrengast haben?", entrüstete er sich.

„Deine Vorbereitungen, Schatz. Niemand wollte dich stören."

„Das kann warten. Es gibt ja schließlich noch wichtigere Dinge."

„Hör mal einer an, das aus deinem Munde, wo du doch schon Wochen hinter deinem Schreibtisch sitzt und weiß Gott was treibst."

Sophie sah irritiert auf. So kannte sie ihre Eltern gar nicht. Sonst schwebten sie in Harmonie über dem Rest der Menschheit und waren kaum zu bremsen in ihrer Euphorie.

Vielleicht hatte ihnen einfach das Salz in der Beziehung gefehlt in letzter Zeit, vermutete Sophie im Stillen und hoffte, damit Recht zu behalten.

17

Sophie hatte Lorenz, bevor er abgereist war, versprochen, ihm ihren Vater vorzustellen. Er war bereits informiert und freute sich auf einen gepflegten Austausch der kunstbeseelten Geister. Ende August war es dann so weit.

Lorenz hatte sich für den frühen Nachmittag angekündigt, das Fest würde erst am Abend beginnen und so hatten die beiden nach seiner Ankunft noch ein wenig Zeit, an der Werft entlangzugehen und zu plaudern.

„Hast du das Nest hier bereits vermisst?", neckte Sophie Lorenz, der den Wink verstand und herzlich lachte.

„Heidelberg ist zwar nicht schlecht, aber *das* hier! Natur, wohin das Auge reicht, Heidelandschaft, eine Werft mit Segelbooten, die in die Weiten des Schweigersees losziehen, und eine charmante Begleitung. Was will man mehr?"

„Jetzt übertreibst du aber", meinte Sophie lachend. Dann wollte sie wissen: „Hast du deine Violine mitgebracht?"

„Wo denkst du denn hin? Ein Künstler ohne sein Instrument, undenkbar!" Und er summte eine kleine Weise von Vivaldi vor sich her.

Da angenehme Temperaturen vorherrschten, hatte man im Garten der Gustavsons einen Pavillon aufgebaut und ringsherum Fackeln verteilt für die späteren Abendstunden. Außerdem hatte Herr Gustavson eine Riesenleinwand aufgestellt, um dort Bilder zu zeigen, welche „Impressionen des vergangenen Jahres" vermitteln sollten.

Alles war perfekt geplant und niemand hätte vermutet, dass auch nur ein Zahnrädchen sich verhaken könnte, welches Einfluss auf den gesamten Ablauf nehmen würde.

Die Fotoshow war gerade beendet und die Gäste fanden sich in einer Reihe für das Buffet ein. Es gab griechische Köstlichkeiten aller Art, da Herr Gustavson ein Fan der griechischen Küche war. Die Tilmans waren auch eingeladen, doch Herr Tilman wagte es diesmal nicht, Sophie anzusprechen, wofür sie äußerst dankbar war. Da ihr Vater bisher kaum Zeit für sie und Lorenz übrig gehabt hatte, ging sie nun zu ihm, um ihr Versprechen einzulösen. Herr Gustavson schüttelte begeistert Lorenz' Hand und wollte sie gar nicht mehr loslassen.

„Noch ein Künstler im Hause. Wie aufregend", fand er und stellte Lorenz unablässig Fragen zu seiner künstlerischen Laufbahn. „Wenn Sie wollen, spiele ich ein paar Takte, während die Gesellschaft zu Abend isst, wie wäre das?"

„Fabelhaft, allzu fabelhaft", fand Herr Gustavson und lachte entzückt auf. „Sozusagen die Krönung des Abends."

Lorenz ließ keinen Augenblick verstreichen, obwohl er seinerseits noch keine

Fragen an Herrn Gustavson gestellt hatte, er holte seine Geige hervor und spielte ein Stück von Mendelssohn.

Alle klatschten. Man schenkte Wein nach und speiste die Köstlichkeiten aus Griechenland. Lorenz gab eine ganze Reihe von Stücken zum Besten, darunter auch den ungarischen Csárdás, den Sophie von Marias Feier kannte. Da erhob sich einer der Gäste und setzte zu einer Rede an. Lorenz unterbrach sein Stück.

„Zu Ehren des einzigartigen Schriftstellers und Kunstliebhabers Walter möchte ich nun ein paar Worte loswerden." Er hob seine Stimme an. „Die Kunst muss sich nicht der Welt anpassen, sondern die Welt der Kunst. Kunst hat keine Aufgaben, sie steht für sich. So lasst uns anstoßen auf die Freiheit der Kunst, ob sie nun verstanden wird oder verkannt. Spiel weiter, Junge, ich habe meine kleine Rede beendet."

Verhaltener Applaus folgte. Der Gast

setzte sich wieder. Lorenz kam seiner Spielkunst wieder nach, wurde jedoch abrupt von einem anderen Gast unterbrochen. Eine Frau Mitte vierzig stand ebenfalls auf, sie kam aus der Nachbarschaft und war Musikerin, Sophie kannte sie vom Sehen. „Der Kunstliebhaber Walter wird wohl von allein verstehen, dass seine Werke davon ausgeschlossen sind, nur nach Freiheit zu streben, unabhängig in der Welt zu schweben, ohne den Durst seiner Leser zu stillen, die auf der Suche nach einem Sinn sind. So muss sich niemand der Kunst anpassen und andersherum genauso wenig. Seine Leser lieben Walter wegen seiner Präzision, die existenzialistischen Dinge in einfacher Form darzustellen. Das steht tatsächlich für sich, ist ein eigener Maßstab und erfüllt, ohne danach zu trachten, den Wunsch nach Sinn, der wohl jedem innewohnt."

Der erste Gast fühlte sich dazu gedrängt, zu antworten, nachdem er sein Weinglas geleert hatte: „Sie müssen nicht immer die erste Geige spielen, können Sie den Satz nicht einfach stehen lassen? Wir wollen Walters Feier nicht mit Missklängen stören."

„Mein lieber Kollege, Sie brauchen sich nicht zu ereifern, außerdem steht es Ihnen nicht zu, irgendwelchen Gästen Befehle zu erteilen. Ich meine den Geiger."

„Ihr Musiker steckt doch alle unter einer Decke."

Ein dritter Gast meldete sich, indem er einfach Oscar Wilde zitierte: „Das letzte Geheimnis der Kunst wird denen immer verborgen bleiben, die die Wahrheit mehr lieben als die Schönheit. Prosit."

Frau Gustavson wirkte völlig perplex, wobei sie nicht die Einzige war.

Schließlich ergriff Herr Gustavson selbst das Wort: „Meine lieben Freunde, kein Grund, sich wegen der Kunst zu ereifern. Der Wein ist gut, die Musik dank Lorenz auch, was brauchen wir mehr?" Und er ließ ein klingendes Lachen ertönen, das im Missklang der allgemeinen Stimmung völlig unterging. Lorenz packte seine Geige wieder ein und setzte sich zu Sophie. Tanzmusik erklang und die Fackeln wurden entzündet. Man versuchte das Fest zu retten. Frau Gustavson brachte die Geburtstagstorte, die sogleich angeschnitten wurde. Doch kaum jemand aß ein Stück oder tanzte zur Musik.

Sophie stand von ihrem Platz auf, entschuldigte sich bei Lorenz und suchte die Toilette auf. Sie hatte gar nicht bemerkt, dass sich Gäste im Haus aufhielten, doch nun konnte sie deutlich Gesprächsfetzen hören.

Die Stimmen klangen ernst und es hörte sich nach einem kleinen Schlagabtausch an.

Sophie schlich sich schnell zurück unter die Leute. Da bemerkte sie, dass ihre Eltern die Einzigen waren, die fehlten.

18

„Du liest nicht, du schreibst nicht, was ist eigentlich los mit dir? Deine Untätigkeit macht mich ganz krank!"

„Mum, man kann nicht immer was tun. Ich mache gerade eine Art Kunstpause, verstehst du?"

„Oder hältst wohl eher Winterschlaf, was?"

Sophie wandte sich von ihrer Mutter ab, streckte sich auf ihrer Liege aus, und betrachtete die Sonne mit zusammengekniffenen Augen.

Diese senkte sich über die teilweise von Heidekraut bewachsene Landschaft, welche den goldenen glühenden Ball schließlich aufnahm; nur einzelne glitzernde Strahlen flossen durch ein paar Lücken der Heide hindurch und kitzelten Sophie auf der Nase.

Diese musste lachen: „Hör auf, Sonne, deine Strahlen kitzeln mich, lass das doch …"

Als sie ihre Augen wieder öffnete, sah sie auf einmal einen Stand mit altem Trödel vor sich und ihre Mutter, die mit einer Händlerin diskutierte. Der Lärm von anderen feilschenden Händlern und Kunden drang zu ihr und hüllte sie ein. Sie sah sich den Stand näher an. Kleine Porzellanfiguren reihten sich aneinander, kunterbunt, ohne jeden erkennbaren Zusammenhang. Ein kleiner, dicker Clown stand neben einer Balletttänzerin, nach welcher ihre Mutter soeben griff. „Verkaufen Sie den Plunder!", rief sie mit wütender Stimme. Ihre Verstimmung, die um sie herum Luft verbrannte, konnte man förmlich riechen.

Sophie wollte sich nach dem Grund der missmutigen Laune erkundigen, doch ihre Mutter schien sie gar nicht zu bemerken.

Sie fuhr fort mit ihrer Tirade. „Ich möchte, dass Sie Ihre Schulden bei mir begleichen und zwar sofort!" Bedrohlich wedelte sie mit der zarten Figur in der festen Hand. Sophie hatte Angst, sie würde unter ihrer Kraft zerbrechen. Ihre ganze Energie lag nun nicht in ihrer sonst so einnehmenden Ausstrahlung, sondern in einer tief verwurzelten Wut, welche die Schuldgefühle des Gegenübers hervorzubringen suchten.

Hinter Sophie brandete Applaus auf. War das möglich? Händler, Marktleute und einfache Passanten hatten allesamt hinter ihrer Mutter Stühle zusammengetragen und Platz genommen, um das Spektakel genau zu verfolgen.

Sophie wurde das zu bunt. „Mum, schau mal, die Leute denken, das ist eine Vorführung. Es sind Hunderte, ich kann sie gar nicht alle sehen, jetzt dreh dich doch mal um …"

Sie wandte sich wieder der Menge zu, doch erblickte statt derer ein halb verdunkeltes Zimmer und rieb sich die Augen.

Hatte der Traum ihr die Sinne geraubt? Eine seltsame Abfolge von Träumen. Was hatte ihre Mutter auf einem Marktplatz verloren, der zugleich zum Schauplatz wurde, und Sophie unerkannt mittendrin? Keineswegs seltsam war für sie jedoch, dass sie im Traum zuvor wieder in ihrem Elternhaus gewesen war, vielmehr verwunderte sie die Tatsache, dass ihre Mutter ihre Fragen an sie, ihre Tochter, gerichtet hatte, nicht an ihren Vater, der Schriftsteller war.
Vielleicht sollte sie Peri von dem Traum erzählen, sie war eine Art Seherin, vielleicht konnte sie ihn deuten.

Nun war eine Woche seit der Feier ihres Vaters vergangen und Lorenz war wieder abgereist. Ein bisschen hatte sie die Abfolge der Ereignisse auf dem Fest beschämt, obwohl sie nicht dafür verantwortlich war. Doch es waren ihre Eltern und sie fühlte sich schuldig dafür, dass Lorenz nach dem Fest so wortkarg gewesen war und sich so schnell verabschiedet hatte.

Sie verschlang Kilometer um Kilometer und trat fest in die Pedale. Dabei scheuchte sie ein paar Raben auf, was sie noch mehr verärgerte. „Ihr schon wieder!"

„Na, na", wurde sie von der Seite getadelt. Da stand doch tatsächlich Odo an der Einfahrt zur Zebrastraße 2 und hatte die Szene beobachtet. „Je mehr sich alles verändert, so bleibt es dennoch dasselbe im Kern", bemerkte Odo außerdem.

Diese Weisheiten bringen mich kein Stück weiter, dachte Sophie und verwarf gleichzeitig ihr Vorhaben, dem Alten besser zuzuhören.

Sie brauchte jetzt die Arbeit, das Topfgeklappere und den verwegenen Humor der Mädels in der Küche.

So ließ sie Odo, ohne ihn eines Kommentares zu würdigen, stehen, fuhr ihr Rad an die Hauswand und schloss es ab.

Odo strich dem Raben zu seinen Füßen übers Gefieder und flüsterte ihm zu: „Da haben wir noch einen gewaltigen Berg Arbeit vor uns." Wie zur Antwort spannte der Rabe seine Schwingen und erhob sich weit über die Dächer des Vorgartens, fort, und verschwand in Richtung der angrenzenden Wälder.

19

Candice hatte wohl heute einen ihrer guten Tage erwischt, wofür Sophie äußerst dankbar war, denn sie war weniger aggressiv, dafür umso gesprächiger.

„Sophie, wir sind gerade dabei, zu philosophieren. Über das Leben", führte Jule aus und zwinkerte der verdutzten Sophie zu. „Nun ist Candice dran. Was ist für dich Leben?"

Candice genoss die ungeteilte Aufmerksamkeit und begann zu erklären: „Ich gehe einen Weg entlang, der nie endet. In einem Wald etwa. Rings um mich höre ich Stimmen von Menschen, die ich aber nicht sehen kann. Ich bin für mich und trotzdem will ich zu den Menschen. Ist das ein Widerspruch?", unterbrach sie sich nachdenklich.

Greta grinste und erwiderte: „Was hörst du denn für Stimmen?"

Jule fuchtelte mit den Armen und versuchte so einen Disput zu unterbinden.

„Jetzt Sophie."

Sophie dachte nach. „Ich finde, hier in der Zebrastraße 2 steckt viel Leben. Ihr, Fee, die alten Leute und dann noch der Ra..."

Sophie stockte. Fast hätte sie den Rabenflüsterer erwähnt. Zum Glück schien es niemandem aufgefallen zu sein. Doch eine hatte es bemerkt. Peri.

„Der Rabenzirkus draußen? Ja, der ist wirklich bemerkenswert. Habt ihr gesehen, dass die in Gruppen warten und dann wie auf Kommando loskrähen? Der Ruf eines Raben übrigens hat eine Bedeutung."

„Welche denn, Peri, kannst du jetzt auch schon sehen, was die Raben wollen?", fragte Mona, ohne eine Spur von Humor.

„Es bedeutet, dass jemand stirbt. Aber nur unter einer Bedingung." Sie hob die Arme ein Stück in die Höhe. „Wenn es im Traum geschieht."

Mit diesen Worten war die Philosophiestunde der Frauen beendet und man widmete sich wieder der anfallenden Arbeit.

20

Irgendwann kam Sophie dazu, Peri wegen des Traumes zu konsultieren. Diese wiegte ihren Kopf nachdenklich hin und her. „Es scheint so, als erlebtest du deine Eltern gerade von einer anderen Seite. Der Traum zeigt dir das unterbewusst. Du entdeckst jetzt, dass sie Schattenseiten haben, wie jeder Mensch." Sie strich Sophie über den Rücken. „Vielleicht legt es sich wieder. Das kann ich aber nicht sehen, mein Kind."

Mehr war aus Peri nicht herauszukriegen. Sie war sehr eigen, wenn es um ihre Hellsichtigkeit ging, wie Mona ihr einmal anvertraut hatte.

Sophie setzte sich zu Fee und fragte sie: „Kannst du mir sagen, was mit meinen Eltern los ist?"

Fee neigte ihr Köpflein Sophie zu und begann zu gurren. „Sophiee-lein", trällerte sie dann munter.

Sie schien Sophies Nachdenklichkeit nicht im Mindesten nachzuempfinden. Sophie versuchte es noch einmal. Normalerweise war Fee gesprächiger.

„Hast du für mich nicht irgendeinen Rat?" Darauf Fee: „Hast du keine Freunde?"

Sophie hatte damit nicht gerechnet und musste herzlich lachen. Eigentlich hatte Fee Recht. Das war der beste Rat, den sie hätte bekommen können.

Wieder daheim, begann sie die Nummer ihrer besten Freundin Lara herauszusuchen, die im Schwarzwald wohnte. Die beiden verband eine gemeinsame Grundschulzeit, weshalb ihre Freundschaft die längste war, die Sophie je gehabt hatte, und auf Lara war immer Verlass.

„Hallo Sophie, das ist ja eine Überraschung, wie gehts dir?"

Sophie erzählte ein bisschen von der Zebrastraße 2 und von Lorenz.

„Was, ein Künstler aus Heidelberg? Wie spannend, kannst mir den mal vorstellen?" Sophie entgegnete, worüber sie sich selbst wunderte: „Ich muss ihn selbst erst kennenlernen."

„Wie ist er denn so, ist er gutaussehend?"

„Meistens trägt er irgendwelche festlichen Sachen, ich hab ihn bisher nur auf Feiern gesehen. Ich finde ihn ganz passabel."

„Hm, klingt ja nicht gerade aufregend", fand Lara und klang enttäuscht. „Was findet er überhaupt an deiner Gegend?"

Lara war nicht ohne Grund nach Freiburg gezogen, da sie das Kleinstadtleben nicht ausstehen konnte. Sophie wusste das und lachte. „Das fragt er sich auch jedes Mal, wenn er herkommt."

„Sophie, du klingst irgendwie nicht gerade glücklich", meinte Lara unvermittelt. „Wo drückt der Schuh?"

Jetzt erst kam Sophie auf die Kündigung zu sprechen und auf ihre Eltern, die zurzeit ihr so fremde Dispute austrugen.

„Kein Grund zum Verzweifeln", fand

Lara. Das mit der Gärtnerei tat ihr leid und zu Sophies Eltern meinte sie: „Gib ihnen etwas Zeit, jeder braucht mal Zoff, das ist normal. Glaub mir. Erst wenn die Fetzen fliegen, weiß man, da ist noch was da, worum es sich zu kämpfen lohnt."

Vom Rabenflüsterer sagte Sophie erst einmal kein Wort. Sie wollte nicht, dass Lara sie für verrückt hielt.

21

Gerade wollte Sophie die Wohnung verlassen, um einen Spaziergang zu machen, da klingelte das Telefon.

Sie fragte sich, ob Lara ihr noch mal einen gutgemeinten Beste-Freundinnen-Rat geben wollte. Ein bisschen hoffte sie das. Sie hob ab. Doch eine männliche Stimme meldete sich, die Sophie sofort erkannte: „Lorenz, welche Überraschung!"

Sie freute sich ehrlich.

„Hör zu, ich hab grad Pause und nicht viel Zeit. Aber wenn du willst, zeige ich dir nächstes Wochenende Heidelberg! Du kannst bei mir wohnen, ich hol dich direkt vom Bahnhof ab. Was sagst du?"

„Ich – ja, ich komme natürlich, danke für dein Angebot!"

„Toll, also ich kann dich um, sagen wir, drei am Bahnhof abholen. Ich bin der mit der Violine – nur ein Scherz", fügte

Lorenz hinzu und ließ Sophie gar nicht erst antworten. „Du, ich muss dann auch wieder, machs gut, wir sehen uns, Sophie!"

Lorenz legte auf.

Sophie war schlagartig gutgelaunt.

Mit Stöpsel in den Ohren verließ sie schließlich die Wohnung.

22

Sophie befand sich am Bahnhof. Diesmal würde sie selbst in einen der Züge steigen und in die Ferne reisen. „Heidelberg – ich komme!", frohlockte sie innerlich. Sie hatte den Mädels nichts erzählt, die wären sonst ausgeflippt, dachte sie lächelnd. „Das ist *mein* Wochenende."

Lediglich ihre Eltern wussten Bescheid. Ein wenig hatte sie deren darauffolgende Meinungsverschiedenheit in ihrer Euphorie gebremst – ihre Mutter war besorgt, der Vater lobte den „fortschrittlichen, selbstständigen Wandel" seiner Tochter –, doch die Vorfreude überwog schließlich und sogleich hatte sie begonnen, ihren Koffer zu packen.

Sie bestieg den IC, der bis Freiburg durchfuhr. Der Schaffner pfiff.

In Waggon F befand sich eine Schweizer Reisegesellschaft, doch in Waggon G waren noch zwei Plätze an einem mahagonifarbenen Klapptischchen frei. Die Fensterscheiben hatten Abdrücke von Kinderhänden und an den Sitzen waren die Polster an den Seiten ausgerissen. Sophie setzte sich. Durch die Schiebetür waren noch Gesprächsfetzen der Schweizer zu hören. Gerade versuchte ein Mann seiner Frau klarzumachen, dass er bei seiner letzten Reise noch weniger Hosen und Shirts dabeigehabt hätte, was diese vehement abstritt. Sophie verstaute ihr Gepäckstück in die dafür vorgesehene Kofferablage.

Die Landschaft veränderte sich stetig und langsam wichen Häuserblocks und Wohnsiedlungen sorgsam bepflanzten Schrebergärten, und dann kam irgendwann Niemandsland, ein paar Äcker, über denen die Hitze stand, und überall Klatschmohn, als hätte ihn ein Gärtner willkürlich über den Weg verstreut. Bald setzte sich eine ältere Dame koreanischer Abstammung zu ihr an den Tisch. Sie stellte sich mit „Frau Kim" vor.

Sie begannen sich zu unterhalten, über den erfreulichen Sommer, die miserable Wirtschaftslage in Korea, Hungersnot im Allgemeinen und über ihr Reiseziel. Frau Kim wollte ihren Sohn in Mannheim besuchen. Sie freute sich darauf, weil sie ihn schon ein Jahr nicht gesehen hatte. Im Laufe der Fahrt stellte sich heraus, dass sie Ärztin war, für Innere Medizin, Pneumologin.

„Da hat man immer was zu tun", sagte sie und entblößte eine Reihe perfekter weißer Zähne. „Die Leute rauchen ja heutzutage, was das Zeug hält. Und Asthma hat auch jeder Zweite."

Anna, ein Teenager, der irgendwo vor Heidelberg einstieg, gesellte sich zu Sophie und Frau Kim. An ihren Ohren hingen auffällige Halbmonde. Sie war ganz aufgeregt, wollte ihre Tante besuchen, ebenfalls in Heidelberg. Nachdem man schließlich im Bahnhof eingelaufen war, verschwand sie als kleiner, hüpfen-

der Punkt mit den ebenfalls auf und ab
hüpfenden perlmuttfarbenen Halbmon-
den, im Einheitsstrom der Menschen, die
sich nun auch von der Durchgangshalle
her auf die Gänge verteilten: aufgeregt
wirkende junge Mädchen mit hochhackigen Schuhen und kurzen Röcken, die
ihr Make-up mit schnellen Handgriffen
nach kleinen Handspiegeln prüften,
Männer allen Alters mit Rosensträußen,
deren Duft sich zu einem Meer von
Parfüm zu vermischen begann.

23

Sophie ging an ihnen vorbei, den Haupt-
gang entlang, und nahm die Geräusche
und Gerüche auf, die von allen Seiten
auf sie zuströmten; Bäckereien reihten
sich an Schnellimbiss-Restaurants, in
welchen sich Menschen aus aller Herren
Länder zusammenfanden, hier, auf dem
Bahnhof, für einen kurzen Moment ihres
Lebens, um daraufhin wieder ihrer Wege
zu gehen. Zu ihrer Linken konnte sie
einen Mann mittleren Alters dabei be-
obachten, wie er versuchte, seinen Ter-
rier davon abzuhalten, am Strumpf einer
stolz wirkenden Dame mit strengen
Gesichtszügen und einer ebenso strengen
wie aufwändigen Hochfrisur zu ziehen,
und sich dann umständlich entschuldi-
gend an ihr vorbeidrückte.
Und da stand er. Lorenz. In einem oliv-
grünen Sakko, schick wie immer. Er
hielt eine einzelne kleine Rose in der

Hand und flüsterte Sophie zu: „Für mein Sophie-Blümchen."

Sophie errötete und bedankte sich schnell.

„Wie war die Fahrt? Nette Reisebekanntschaften gemacht?"

Sie fuhren mit Lorenz' silbergrauen Ford aus der Stadt in einen kleinen Vorort namens Neckargemünd.

„Du wohnst gar nicht im Zentrum?"

Sophie verbarg ihre Enttäuschung, so gut es ging.

„Das wäre für einen Künstler wie mich wohl aus den Sternen gegriffen. Verstehst du? Ich muss mit meinen Möglichkeiten arbeiten. Aber wir fahren bestimmt ins Zentrum, heute Abend läuft ein schönes Stück im Zimmertheater, das wollen wir doch nicht verpassen, oder?"

Und Lorenz' gute Laune war wieder da.

Er wohnte zur Miete in einem bürgerlichen Wohnblock, welcher mit allerlei Krimskrams vollgestellt war: Porzellanfiguren reihten sich an Plüschbärchen und an den Wänden hingen Bilder von Bauern bei der Arbeit auf dem Feld.

„Romantisch, nicht?" Lorenz zwinkerte ihr zu.

„Meine Wohnung ist immerhin frei von diesen hübschen Figuren überall. Lass dich überraschen."

Sie betraten die Wohnung. Der Blick auf einen wohnzimmerartigen Raum wurde frei. Die Decke war von Querbalken gestützt, die sich bis zu den Wänden an der Seite zogen, sodass der Raum noch niedriger wirkte, als er ohnehin war. Eine Ledercouch thronte hinter einem Eichentischchen und Postkarten hingen über ihm an der Wand.

Parallel zur Wohnungstür verlief der Flur, welcher wohl zur Küche und zu den Schlafräumen führen musste, wie Sophie vermutete.

Sophie fasste einen kleinen Talisman aus geschnitztem Elfenbein ins Auge, der vor ihr auf dem Tisch stand. Sie begann

sich sinnloserweise zu fragen, durch
welche Hände er schon gegangen war
und wie er in Lorenz' Wohnung gekommen war.

Lorenz geleitete sie ins Gästezimmer,
wo sie ihren Koffer abstellen konnte. Es
gab sogar einen kleinen Schreibtisch mit
einem Duden und ein paar Büchern.
Jemand hatte begonnen, eine Postkarte
zu beschreiben, jedoch mitten in seinem
Tun den Stift abgesetzt, wie man an der
halbleeren Seite sehen konnte.

Sie tranken noch Tee und unterhielten
sich, bis es Zeit war, sich für das Zimmertheater herzurichten.

Das Stück handelte von einer mittellosen
Frau, welche ihr Glück als Sängerin in
der Ferne versuchte. In Gedanken versunken, bekam Sophie fast nichts mit
von dem Monolog, den Lorenz anschließend führte, als sie ihre Mäntel anzogen
und ins pulsierende Nachtleben heraus-
traten.

„… in Paris, wo du nicht auffällst, verstehst du, was ich meine?"

Sie hatten an der serpentinenartigen Straße, die zum Schloss führte, geparkt. Beim Aufstieg konnte man bruchstückhaft die Manufakturen des Gebäudekomplexes ausmachen, höhlenartige Strukturen, teils beleuchtet, mit Kerben im verwitterten rostroten Gestein.

„Wie Sand am Meer gibt es sie."

„Künstler?", erwiderte Sophie und versuchte, nicht gelangweilt zu klingen.

„Das sage ich doch die ganze Zeit. Weißt du, am liebsten würde ich mich mit einem von ihnen jetzt in dem Restaurant in Montmartre verabreden, das ganz am oberen Ende der Rue de Lepic liegt, und einen Kaffee an einem der beiden Tische draußen trinken, von wo aus man bis zum Invalidendom blicken kann. Oder mich auf einen der steinernen Aussichtstürme in Fontainebleau legen und mich von der Sonne auf der Haut kitzeln lassen. Dort in Paris sah man sich unkomplizierterweise jeden Tag, man unterhielt sich, trank Wein und schlug sich die Nächte um die Ohren …"

„Und ich bin jetzt sozusagen die zweite Wahl?"

Er schien sie nicht gehört zu haben. Warum konnte Lorenz nicht einfach mal den Moment genießen und nur da sein? Vielleicht ist das ja mein Talent, dachte Sophie und sah aus den Augenwinkeln, dass Lorenz verträumt lächelte. Vermutlich hing er noch seinen Erinnerungen nach an etwas, dass Sophies Welt nicht berühren konnte.

24

Zurück in Lorenz beschaulicher Wohnung gab es Pizza vom Italiener nebenan. Dazu nippten sie an einem billigen Merlot. Lorenz philosophierte nun über Rom, nahm Sophie dann aber ganz unvermittelt das angebissene Pizza-Hawaii-Stück aus der Hand, legte es auf den Tisch und blickte sie mit vielsagendem Blick an. Er begann sie mit seinen Blicken am ganzen Körper abzutasten und strich ihr schließlich eine Haarsträhne hinters Ohr. Sophie wusste nicht recht, ob das wirklich geschah, irgendwie hatte sie einfach nicht damit gerechnet. Lorenz sprach kein Wort mehr mit ihr, was eine sperrige Wand zwischen ihnen zu schaffen schien, wandte sich dann ab und nahm ihre Arme hinter dem Rücken, bis ihre Schultern zu schmerzen begannen. Sophie konnte sehen, wie ihn ihr schmerzerfülltes Gesicht zu erregen begann, während sie gleichzeitig versuchte, sich aus dieser unbequemen Lage zu befreien.

„Lass das, Lorenz, du tust mir weh", presste sie schließlich zwischen ihren Zähnen hervor.

„Ach komm, Sophie-Blümchen, das gefällt dir doch."

Sein Flüstern klang irgendwie bedrohlich. Sophie krallte sich den Talisman aus Elfenbein, der die Szene stumm mitansehen musste, und bohrte ihn in sein Bein, das vor ihr ausgestreckt lag, doch sie kam nur bis zur Oberfläche der Jeans.

„Was tust du da, Sophie? Genieß es doch einfach. Gefällt es dir nicht?", raunte er ihr ins Ohr.

Mit ihrer über den ganzen Abend angesammelten Wut gelang es Sophie schließlich, sich zu befreien.

„Was bist du nur für ein Mensch?", knallte sie dem verdutzten Lorenz ins Gesicht, das auf einmal so maskenhaft

wirkte, und verschwand im Gästezimmer. Am liebsten wäre sie gegangen.
Aus Lorenz Wohnung, aus seinem Leben, für immer. Raus aus dem Zirkus
dieses verrückten Künstlers!

25

Ein paar Vögel machten draußen Krawall und weckten Sophie unsanft aus ihrem Halbschlaf. Sie hatte die meiste Zeit wachgelegen und wollte nun einfach nur gehen. Sie war allein deswegen geblieben, weil ihr Geld nicht für ein Hotel gereicht hätte und es sowieso zu spät war, ein geeignetes zu finden, falls es überhaupt eins gab.

Missgelaunt zog sie sich Jeans und ein T-Shirt über, den Koffer hatte sie gestern noch gepackt. Wenigstens hatte Lorenz sie in der Nacht in Ruhe gelassen nach ihrem Ausbruch. Damit hatte er vielleicht nicht gerechnet, dachte sie, doch ihre Wut saß zu tief, als dass sie darauf irgendwie hätte stolz sein können.

Es war noch sehr früh, der Morgen dämmerte blassgelb über der Stadt. Ein paar Kräne auf Schiffen fuhren scheppernd über den Neckar, auf welchen sie vom Fenster aus blicken konnte. Kleine Wellen kräuselten sich rings um sie und wurden an die seitlichen Ufer getragen, wo wilde Azaleen, Flieder und sogar Lavendel blühten. Alles keimte und strebte nach Leben. Unangetastete wilde Natur. Sophie stieß dieses unschuldige Bild in seiner reinen Schönheit bitter auf. Ohne einen weiteren Blick hinaus ergriff sie entschlossen ihren Koffer, ging auf Zehenspitzen zur Tür und öffnete sie langsam. Kein Quietschen, Gott sei Dank.

Dann weiter den Flur entlang, an den Querbalken vorbei bis zur Couch, da hatte sie auch schon die Haustür erreicht. Sophie wollte sie vorsichtig öffnen, ein Gefühl des Triumphs stellte sich ein, doch die Tür ließ sich einfach nicht öffnen. Sophie fluchte leise. Sie war eingesperrt.

Sie begann verzweifelt mit den Fäusten gegen die Tür zu hämmern. Was für ein Albtraum.

Von draußen waren Schritte auf der Treppe zu hören, dann das Klirren von einem Schlüsselbund. – „Sophie, ich bins. Warte, ich mach auf."

Lorenz' Stimme war wieder normal. Nichts Unheimliches klebte mehr an ihr, nein, er klang geradezu überschwänglich. Als hätte es den vergangenen Abend einfach nicht gegeben. Sophie wusste nicht, ob sie lachen oder weinen sollte. Wenn sie jetzt sauer reagierte, würde er sie als die Verrückte hinstellen. Sie hatte keine Lust, sein Spiel mitzuspielen. Mit betont ruhiger Stimme stellte sie fest: „Ich möchte jetzt abreisen, mein Zug fährt bald."

Lorenz hatte die Tür geöffnet und stand da mit einer Tüte frischer Brötchen im Arm. Schnell trat er in die Wohnung und warf Sophie ein „Guten Morgen" zu mit einem Lächeln, das in seine marmornen Gesichtszüge eingemeißelt zu sein schien. Für einen Moment. Dann fiel sein Blick auf Sophies Koffer, den sie mit beiden Händen umfasst hielt, sodass ihre Knöchel weiß hervortraten. Seine Stirn begann sich zu kräuseln, die dunklen Brauen wanderten in leisem Erstaunen langsam aufeinander zu. Sophie wusste nicht, was sie an diesem Schauspieler von Mensch je gefunden hatte. Was sollte dieses Verhalten? Er tat so, als sei einfach nichts gewesen. War es ja genaugenommen auch nicht, würde es aber vielmehr auch nie sein, dachte sie und ihre Gedanken drehten sich so schnell, dass ihr schwindlig wurde.

Dann Lorenz' Bemerkung: „Ich mach dir erst mal 'nen Kaffee. Sophie, jetzt setz dich doch."

Doch als Lorenz zur Küche ging in dem Bestreben, einen Kaffee zu machen, ergriff Sophie die Gelegenheit und ging zur Tür, die immer noch einen Spalt weit offen stand. Sie quetschte ihren Koffer hindurch, rief: „Ja, mach ich", und schloss sie dann hinter sich zu. Lorenz würde ihr folgen, das spürte sie. Schnell hastete sie das Treppenhaus hinunter und ignorierte Lorenz' Rufe, die an den Wänden widerhallten.

„Das kannst du nicht machen, Sophie. Lass mich nicht sitzen! Der Kaffee!"

Das war das Letzte, was sie von ihm hörte, sie verließ das Haus und sah sich nach der nächsten Bushaltestelle um. Sie hatte Glück, gerade hielt einer auf der gegenüberliegenden Straßenseite.

Das nennt sich Fügung, dachte Sophie und ging entschlossen auf den Bus zu.

„Einmal zum Bismarckplatz, bitte."

Der Bus rollte los.

Sophie drehte sich nicht um und sah deshalb nicht, wie Lorenz mit wedelnden Armen über dem Kopf hinter dem Bus herrannte, kilometerlang, bis er vor Erschöpfung fast am Wegrand zusammenbrach.

26

„Weißt du, Sophie, die Kunst der Vögel da draußen ist es, dass sie mit ihrer eigenen Gesellschaft vorliebnehmen. Ab und an."

Odo sah sie mit seinen himmelblauen Augen an und fuhr fort: „Sie lauschen dem Flüstern des Windes, dem Rauschen des Baches und sind einfach nur da, wie ein Baum, der seine Krone dem Himmel entgegenstreckt. Nur dass sie Flügel statt Wurzeln besitzen."

Jetzt lachte Odo auf.

Sie saßen draußen mit ein paar anderen Alten im Vorhof unter einem aufgespannten Coca-Cola-Schirm, Fee stand neben ihnen und hielt ihr Köpfchen zur Seite geneigt. „Sie sind nicht die Könige der Tierwelt, die Raben", fing sie nun an zu plappern.

„Du aber auch nicht", scherzte Odo.

Das brachte Sophie auf einen Gedanken.

„Keine Könige, aber Wölfe im Schafspelz. Die Krähen inmitten der Raben",
sagte sie leise. „Jetzt verstehe ich dein
Rätsel, Odo. Du meintest die ganze Zeit
Lorenz. Wie blind ich doch war!"
Fee und Odo blickten sich an, keiner gab
einen Kommentar dazu ab, wofür Sophie
irgendwie dankbar war.

Der Vorfall mit Lorenz, wie sie es insgeheim nannte, war zwar unerwartet
gekommen, doch irgendwie hatte er sich
trotzdem in das Bild gefügt, das sie von
ihm hatte. Er sprach die ganze Zeit nur
von sich, von seiner Kunst, drehte sich
mit ihr endlos im Kreis. Wie narzisss-
tisch!
Niemand von den Mädels fragte irgendetwas, weil keiner was wusste. Nach
seinen anfänglichen Versuchen, Sophie
zu erreichen, gab Lorenz irgendwann
auf. Irgendwie schien es nach ein paar
Wochen dann so, als seien die letzten
Erinnerungen an diese Begegnung wie

Tautropfen in der Sonne verdunstet, so, als habe es sie niemals gegeben.

27

Die Tage wurden merklich kürzer und man begann sich auf den Herbst einzustellen in der Zebrastraße 2. Josef kam nun seltener zum Gießen, da der Regen dies erübrigte.

Sophie musste nun den Bus nehmen, da sie beim Radeln das Gefühl hatte, zum Eiszapfen zu werden. Ihre Besuche am Bahnhof schränkte sie ein, dafür machte sie ausgedehnte Spaziergänge durch das anfallende Laub, um irgendwie der Stille, die sich in ihrem Inneren auszubreiten begann, zu entfliehen.

Eines Tages klingelte es an ihrer Haustür. Es war ihre Mutter.

„Mum, was machst du denn hier?"

Sophie freute sich über den unerwarteten Besuch.

„Na, das ist ja eine Begrüßung", empörte sich Frau Gustavson. „Ich dachte, ich schnei mal vorbei."

„Bevor der Winter kommt", ergänzte Sophie und lachte. Mutter und Tochter saßen bei einer Tasse warmen Tees in Sophies Wohnzimmer und aßen von Frau Gustavsons mitgebrachten selbstgemachten Keksen.

„Die sind super, Mum."

„Hast in letzter Zeit nichts zum Beißen gehabt? Bei deinem Appetit", meinte Sophies Mutter halb belustigt, halb besorgt.

„Ist Dad am Arbeiten?"

Schlagartig schien sich etwas in Frau Gustavsons Haltung zu ändern, sie straffte ihre Schultern, legte ihre Hände wie schützend enger um die Teetasse und blickte nun mit Augen, die so tief wie der Grund des Schweigersees wirkten, Sophie an. Die erschrak.

„Was ist passiert?"

Sie rechnete mit dem Schlimmsten.

„Liegt Dad im Krankenhaus?"

Sophie wollte eins und eins nicht zusammenzählen. Ihre Mutter half ihr behutsam nach.

„Es ist dir bestimmt nicht verborgen geblieben, Sophie, dass dein Vater und ich uns in letzter Zeit, sagen wir einmal, entfremdet haben. Voneinander entfernt haben", versuchte Frau Gustavson die richtigen Worte zu finden.

„Aber Mum ..."

Sophie konnte noch einen Rückschlag einfach nicht verkraften. Sie fühlte sich plötzlich um Jahre gealtert. So, als hätte ihr jemand von innen einen Stöpsel gezogen und alle Lebensenergie aus ihr herausgesogen.

„Sophie, ich habe deinen Vater verlassen."

Ein Hammerschlag in die entleerte Magengrube. Es war so offensichtlich gewesen, dass der Haussegen schief hing, doch nun das?

Alte Bilder zogen vor ihrem inneren Auge wie kleine Züge vorbei und sie setzte sich für einen Moment in einen dieser Züge. Sophie musste wohl einen ziemlich erinnerungsschweren Eindruck gemacht haben, denn einen Augenblick später fand sie sich in den Armen ihrer Mutter wieder, die sie sanft hin und her wiegte, als sei sie wieder das Kind von früher.

28

In der folgenden Nacht hatte Sophie einen seltsamen Traum: Sie saß in einem Zug, neben ihr ein unbekanntes Mädchen, das Halbmondohrringe trug und sich ihr zuwandte. Als Sophie ihr in die Augen blickte, spiegelte sich darin ein Rabe, der auf einmal gewaltige Ausmaße annahm und sich in Lorenz mit seinem olivfarbenen Sakko verwandelte, die Flügel waren ihm allerdings geblieben und trugen ihn fort. Das Mädchen hatte eine gewisse Ähnlichkeit mit Mona, etwas Geheimnisvolles umgab ihre schattige Gestalt wie ein unsichtbarer Schleier, ihre Knochen standen hervor, doch ihr Gesicht war auffallend schön. Die Wangenknochen waren durch etwas Rouge betont, nicht zu viel, nur ein Hauch legte sich davon auf ihre Pfirsichhaut, dann die seltsamen Augen, die grün hervorstachen, wie kleine, funkelnde Smaragde, die Farbe aber der von Tannen ähnlicher und der Mund wie eine rosa, leicht geöffnete Blüte, vollkommen in ihrer Herzform.

Am nächsten Morgen konnte sie sich an den Traum nicht mehr erinnern, sie musste nur irgendwie ständig an Mona denken.

In der Zebrastraße 2 war es Monas Sohn Malik, der ihr als Erster entgegenkam. Er hielt einen Schwefelkristall in den Händen und begann ihr in aller Ausführlichkeit zu erklären, was der Mohssche Härtegrad bedeutet, um dann, als sei es die normalste Überleitung auf der Welt, seine Lieblingsfrage zu stellen: „Hast du ein Eis?"

Sophie erklärte ihm, dass es zu kalt sei für ein Eis. Malik schüttelte entschieden den Kopf.

„Komm, wir gehen erst mal in die Küche und sehen, was wir dort finden, einverstanden?"

Sophie führte den Jungen über den Vorhof zurück ins Gebäude, wo Fee herumquäkte. Da kam ihr eine Idee. „Sieh mal, Fee ist da. Möchtest du dich ein bisschen mit ihr unterhalten?"

Malik schüttelte abermals seinen Kopf. „Ich-will-ein-Eis." Fee hatte es gehört und krähte nun: „Eiszeit, Freizeit!" Dann ließ sie ein jauchzendes Lachen erschallen. Nun schüttelte Sophie den Kopf und ging in die Küche, um Mona zu suchen, begleitet von Fees durchdringendem Gelächter.

„Morgen, Sophie", wurde sie von Peri begrüßt, die neben Greta die Einzige an der Arbeitsplatte war. Sie wendete gerade Fisch, während Fett zu allen Seiten wegspritzte.

„Suchst du Mona? Hier ist sie nicht."

„Haben wir Eis?", fragte Sophie und deutete auf Malik.

Peri zeigte auf die Gefriertruhe neben ihr. Sophie fand ein Wassereis, das noch vom Sommerfest übrig war. Statt sich zu bedanken, rannte Malik mit dem Eis in der Hand wieder nach draußen, wo er Bahnen durchs Laub zog, das Josef zu kleinen Häufchen zusammengekehrt hatte.

In der Küche war nicht viel zu tun, also ging Sophie in den Aufenthaltsraum und besah sich den Schaukasten. Josef hatte stillschweigend seine Fotos gegen ein paar selbstgemalte Bilder getauscht. Vielleicht hoffte er darauf, dass jemand sie bemerkte.

Da tauchte der Künstler hinter Sophie auf, als habe er auf sie gelauert, und sprach sie an: „Daheim habe ich eine ganze Galerie."

Josef machte eine Pause und sah sie an. Er schien auf eine Antwort zu warten.

„Schön", meinte Sophie.

„Also, wenn du willst", druckste Josef herum und sah auf seine ausgebeulten, viel zu großen Gärtnerschuhe, „kann ich sie dir mal zeigen bei Gelegenheit."

„Warum nicht?"

„Heute Nachmittag?"

Josef grinste ein hoffnungsvolles, faltiges Grinsen, das sich bis zu seinen Ohren hinzog.

29

Ein Dreiviertelstunde später befanden sich Josef und Sophie bereits an der Pforte seines Hauses, da sie unerwartet freibekommen hatte. Sophie nahm es einfach hin.

Rosensträucher wuchsen zu beiden Seiten der Fassade empor und säumten zugleich den Weg, der zur Haustüre führte.
Sophie konnte an den Fenstersimsen Miniaturengel aus Ton thronen sehen.
Ein Brunnen, ebenfalls aus Ton bestehend, befand sich neben einem kleinen Teich zur Rechten. Ein kleiner Weg führte an ihm vorbei zu einem Tor, das am Eingang zu einem Schuppen stand.
An einem Schild war mit kleinen Schlangen in roter Schrift „Josef Vogel" geformt worden. Überall am Eingangsbereich befanden sich kleine Engel,

sitzend, kniend oder liegend.

Josef läutete, er hatte wohl seinen Schlüssel vergessen. Ein Lachen ertönte wenige Momente später. Darauf folgte ein Ruf, der wohl Josef galt.

Eine relativ groß gewachsene Frau tauchte um die Ecke zur Linken auf und breitete die Arme aus. Ihr wallendes Kleid flatterte im Wind bei jedem ihrer Schritte und riesengroße Ohrringe, die aus Federn und kleinen Kristallen bestanden, baumelten bis zu den Schultern herab. Sie lief in simplen Gartenschuhen.

„Seid gegrüßt, meine Lieben. Ich war gerade am Umtopfen, habe ganz braune Hände – entschuldigt", sagte sie mit einem ansteckenden Lachen. Sie stellten sich gegenseitig vor. „Das ist Florence, meine Halbschwester aus der Bretagne.", klärte Josef Sophie auf.

Florence geleitete sie nicht zur Haustür herein, sondern zu dem kleinen, von Sträuchern gesäumten Weg, den sie hergekommen war. Josef wies Sophie an, ihr zu folgen.

Als sie in den Garten trat, erstreckte sich vor ihr ein ähnlich anmutendes Paradies wie bereits im kleinen Gartenteil vor dem Haus, wo sie gewartet hatten. Kleine Windspiele waren in den Bäumen angebracht, eine Art Glockenspiel hing in den Ästen einer Buche, Korbsessel reihten sich rings um einen schönen selbstbemalten Tisch.

Im hinteren Teil des Gartens konnte man weitere Bäume ausmachen, unter welchen Kräuter wie Brennnessel, Mariendistel, Basilikum und Breitwegerich gediehen.

Ein spezielles Beet für weitere Kräutersorten erstreckte sich unterhalb eines eisernen Pavillons, der am Fuße von Kirschbäumen seinen Platz gefunden hatte. Überall hingen Hängematten oder waren Sitzkörbe aufgestellt worden, sodass man sich getrost mit einem Buch in jedem Teil des Gartenareals niederlassen konnte.

Unter einem Vordach, welches vor der Balkontür angebracht war, saß in majestätischer Haltung ein ausgestopfter Ibis.

Als Florence Sophies Blick folgte, erwiderte sie lächelnd: „Den habe ich mitgebracht. Der Ibis ist in meiner Heimat, der Bretagne, ein heiliges Tier. Im alten Ägypten gab es sogar einen Gott mit Ibiskopf. Sie wurden besonders nach einem Ausbruch im Tierpark von Branféré zunächst im Golf von Morbihan gesichtet."

Die Gruppe trat an den Tisch heran und ließ sich nieder.

Josef schenkte Wasser in dafür vorgesehene Gläser ein und sprach: „Meine liebe Florence, ich möchte nun, da von deiner bemerkenswerten Heimat berichtetest, unserem Gast die Galerie zeigen. Wenn du nichts dagegen hast", fügte er höflich hinzu.

„Parfaitement! Na los, gehen wir." Florence gab ein herzliches Lachen von sich. An Sophie gewandt meinte sie: „Manchmal erzähle ich ein wenig zu viel. Muss wohl an der Einsamkeit der Bretagne liegen."

30

Im Haus angekommen, führte Josef Sophie durch die Räume. In der Diele neben dem Speiseraum hing ein Bild, welches ihr sofort ins Auge fiel. Es stellte die Lichtung eines Bannwaldes dar, welche versteckte Nischen und Hügelwölbungen aufwies. Eine alles einschließende, den Dingen innewohnende Kraft wurde dabei förmlich spürbar an jedem Tropfen, der an einem Spinnennetz hing und einen Regenbogen in tausend schillernden Farben spiegelte.

Sie gingen zum nächsten Bild – ein Stuhl war darauf zu sehen mitten in einen Raum, links ein Fenster, rechts eine Tür, beide offen. „Dies ist der Raum der Künste", erklärte Josef den Damen. „Links von mir die autohupende, kinderwagenschiebende, lachende, Laub aufwirbelnde Freiheit, die durchs offene Fenster dröhnt, und rechts die klopfende, klingelnde, namenrufende, erklärende, verpflichtende Welt. Mein Stuhl, eine Beobachterstellung, vom Wind, der durchs geöffnete Fenster weht, berührt, das Leben rechts und links von mir wahrnehmend, doch allein von meinen eigenen Gedanken und Ideen bewegt. Ansonsten sitze ich fest wie ein Fels und lasse alles, auch das Vogelgezwitscher, an mir vorbeiziehen."

Das Bild daneben zeigte schwarze Tinte, die schemenhaft übers Blatt floss: „Die Farbe und Kontur drückt eine innere Unruhe aus, vergleichbar mit Herzrasen oder Angstgefühlen. Wovor denn, wurde ich schon öfters gefragt", sagt Josef. „Vielleicht ist es eine Urangst vor dem Wandel der unergründlichen zeitlichen und weltlichen Formen in ihrem unvorhersehbaren Gang für ihre Bewohner, deren Schicksal niemand jemals im Kern des Entstehens zu entschlüsseln vermag. Dann wäre da noch die Angst, zu sein wie ein Schriftsteller ohne Stift, wie ein

Musiker ohne Instrument, wie ein Schmetterling ohne Blüte." Josefs Stimme sang geradezu. Dann wurde er schlagartig wieder ernst und nachdenklich. „Die Angst davor, dass mir die Farben, in denen ich mein Lebenskunstwerk selbst gestalte, irgendwann ausgehen könnten und durch schwarze, schemenhafte Leere ersetzt werden, und davor, dass dieses mein Lebenswerk nie Beachtung finden wird, sondern von der lärmenden Nichtigkeit des Weltentrubels erdrückt wird."

Sophie staunte über Josefs innere Philosophie, die sie ihm gar nicht zugetraut hätte, wenn sie es sich eingestand. Längst war sie von seiner Farbenwelt hingerissen und ließ sich davon entführen. Sie gelangten zum letzten Bild in der Reihe, welches einen großen, roten Kreis darstellte, der strahlenförmig goldene Streifen nach außen zog. Es war ein einziger goldener Punkt im roten Kreis auszumachen, welcher wiederum mit dem Außen durch goldene Fäden verbunden war. Sophie erkannte sowohl außerhalb des Kreises wie auch innerhalb eine gleichmäßige Vermengung von Rot und Gold. Was diese Farben wohl darstellen mochten?

Josef erklärte Sophie die Aufteilung der Farben: „ Der rote Kreis stellt den Muttermund dar, während der goldene Punkt darin das Kind bedeuten.

Das Kind ist bereits, wohl geistig, mit der Außenwelt verbunden und erfährt durch diese Verbindung zum ersten Mal Schmerzen, die durch die Farbe Rot zum Ausdruck gebracht wurden. Schmerzen, die das Leid der Welt in sich tragen; in gewissem Sinne kann man dies auf den Weltschmerz, auf die Trauer über die Unzulänglichkeit der Welt zurückführen. In ihr liegt alle Melancholie, alle Sorge und alle Realitätsflucht, jede Art von der von der Natur begriffenen Vergänglichkeit.“

Sophie fragte nicht nach, ob Josef eigene

Kinder hatte. Dieses Bild schien ihr Antwort genug.

Wofür mochte wohl das Gold stehen, das sich durch das gesamte Bild wie ein Schleier zog? Für das Glück vielleicht, den Segen und alle positiven Momente, die ein Mensch auf Erden erleben konnte? Für tragende Elemente wie Zusammengehörigkeit, Integrität und Liebe? Oder umfassender für die kosmische Einheit und Ordnung der Planeten, der Gezeiten auf Erden und der Wertesysteme der Völker der Welt?

Florence war auch mitgekommen und fragte Josef: „Willst du dem Kind nicht die ganze Geschichte erzählen über das Bild?"

31

Josef blickte erst seine Schwester, dann Sophie an. Dann sagte er in knappen Ton, was man von ihm gar nicht gewohnt war: „So viel gibt es dazu nicht zu sagen. Meine Frau hat ihr Kind verloren und mich anschließend verlassen."

„Das – das tut mir leid", meinte Sophie aufrichtig.

Später, als sie über den Nachmittag nachsann, fiel ihr auf, wie klein ihr auf einmal ihre Probleme erschienen waren. Odo hätte gesagt: „Jetzt siehst du deine Situation mal aus der Vogelperspektive!"

32

Als sie zur Zebrastraße 2 zurückfuhren, kam ihnen Jule mit winkenden Armen entgegen, Frau Prinz folgte ihr.

„So lange waren wir doch gar nicht weg", meinte Josef belustigt.

„Es gibt sagenhafte Neuigkeiten, Sophie! Komm mal bitte mit Frau Prinz ins Büro."

„Was hab ich denn angestellt?", fragte Sophie erstaunt und tat dennoch wie geheißen. Im Büro saß bereits jemand.

„Tag, mein Name ist Roth, ich möchte Sie gern etwas fragen."

Gespannt setzte sich Sophie auf den ihr zugewiesenen Stuhl.

„Sie kommen gut mit den Leuten hier klar?"

Sophie nickte. Was sollte das Ganze? Frau Roth fragte ein Dutzend Dinge zu Sophies Arbeit in der Sozialstation, die diese alle beantwortete, ohne Gegenfragen zu stellen.

„Frau Gustavson, könnten Sie es sich vorstellen, bei uns eine Ausbildung zu machen? Als Altenpflegerin, meine ich. So wie ich heraushöre, kommen Sie gut im sozialen Bereich zurecht und würden nun von uns noch das Handwerkszeug dazubekommen." Sie lachte Sophie an.

Sophie war überrascht und freute sich gleichzeitig. In letzter Zeit hatte sie sich kaum mehr Gedanken um ihre Zukunft gemacht – da waren Lorenz und ihre Eltern, so viel hatte sich verändert …

„Frau Gustavson? Ist Ihnen nicht wohl?"

Sophie fasste sich schnell wieder, ergriff Frau Roths ausgestreckte Hand und bejahte die Frage.

Frau Prinz, die daneben saß, meinte: „Nochmals herzlich willkommen im Team, Sophie!"

33

Sophie befand sich auf der eisernen Bank neben der durchsichtigen Wand mit dem draufgemalten Herz. Züge fuhren lärmend in den Bahnhof und pufften Abgase in die Luft, Durchsagen hallten über das Gelände.

Sie lächelte. Nun hatte sie schon ein Jahr ihrer Ausbildung hinter sich und würde dank ihres Abiturs das zweite und letzte antreten. Das Leben in der Zebrastraße 2 hatte sich kaum verändert, die Mädels machten weiterhin ihre Späße, Odo erzählte Fee seine Weisheiten und ab und zu wurde ein Fest gefeiert.

Außerdem hatten ihre Eltern ihrer Ehe noch eine zweite Chance gegeben. Peri meinte dazu: „Siehst du, Sophie, manchmal muss man den Dingen Zeit geben, sie geschehen lassen, statt sie vorauszusehen."

Ein Rabe spazierte dicht an Sophies

Schuhen vorbei und blickte sie mit seinen gläsernen Knopfaugen direkt an.

Noch eines hatte sich verändert. Sophie hatte das Gefühl, dass sie endlich eine Aufgabe gefunden hatte, die sie erfüllte, die sie einiges an Nerven kostete und sie dennoch spüren ließ, was es hieß, zu leben.